AF194032

Margitta Gückel

„Um unseren Kindern gerecht zu werden"

Impressum

Bibliografische Information der Deutschen
Nationalbibliothek: Die Deutsche Nationalbibliothek
verzeichnet diese Publikation in der Deutschen
Nationalbibliografie; detaillierte bibliografische Daten sind
im Internet über dnb.dnb.de abrufbar.

Herstellung und Verlag: BoD – Books on Demand,
Norderstedt
ISBN: 978-3-7534-6327-8

Biografie meines Lebens
- Der Weg zu Ihrer Biografie
www.biografie-meines-lebens.de
Email: info@biografie-meines-lebens.de
Fuchsweg 40a
14548 Schwielowsee bei Potsdam
© 2021 M. Gückel & Biografie meines Lebens / Fotos: privat

Das dickste Lob

geht an meinen Mann Peter,

der mich bei allem unterstützt hat.

Bedanken möchte ich mich auch bei unseren

beiden Mädchen, Ramona und Christina, die

uns nie große Sorgen gemacht haben und

jetzt mit beiden Beinen fest im Leben stehen.

Ein großes Glück sind auch

unsere Enkelkinder:

Prinzessin Lisa

Ballerina Natalie und unser

Polizeichef Charly.

Habe Euch alle ganz doll lieb!

Margitta Gückel

„Um unseren Kindern gerecht zu werden"

Aufgeschrieben von Lars Röper

Inhaltsverzeichnis

Republikflucht

„Margitta, du bist genauso missraten und nichtsnutzig wie dein Vater." Ihr Leben lang peitschte meine Mutter Ursula mir diese Worte ins Gesicht. Hätte es doch unterlassen können, nachdem ich sie 1953 auf dem Chemnitzer Bahnhof vor dem Gefängnis bewahrte.

Russische Soldaten patrouillierten auf den Bahnsteigen, ließen sich Pässe und Gepäckstücke zeigen, öffneten und inspizierten alles. Auch unseren dunkelbraunen Koffer hätten sie beinahe aufgeklappt und vorgefunden, was Mama hineingestopft hatte – eine Bettdecke und ein Kopfkissen. Auch im Westen würden wir schlafen müssen, hatte sie wohl gedacht und eingepackt, was die Soldaten trotz unseres Visums zum Verwandtenbesuch umgehend als Beweise für das gewertet hätten, was wir tatsächlich vorhatten: Republikflucht aus der DDR.

Mütter, wurden sie erwischt, brachte so etwas ins Gefängnis, Babys ins Heim. Es sei denn, die Stasi gab die Kinder heimlich zur Adoption frei. Am 18. April 1951 geboren, kaum zwei Jahre alt, wäre ich sicher gerne genommen worden.

Die Patrouille fasste unseren Koffer ins Auge, das Klacken der Stiefel auf dem Bahnsteig kam näher. Mamas Angst und Anspannung muss unaushaltbar gewesen sein. Eben erreichten uns die Soldaten und sprachen meine Mutter auf russisch an, da konnte nur ein Mensch sie noch aufhalten – klein Margitta. Mit nervtötendem Heulen reagierte ich auf die derben russischen Wörter, die Patrouille verharrte und einer der Männer scheuchte uns mit einer Handbewegung hinfort. "Davey, davey! Verschwindet!"

Wir kuschten und ich heulte, bis mein Kreischen sich mit jenem des bremsenden Zuges vermischte. Den braunen Koffer in der Hand stieg Mama in einen der Waggons. Ich folgte ihr, auf meinem Rücken ein blaues Netz mit meiner geliebten Puppe "Tausendschön" darin.

„Komm, Tausendschön, wir fahren Eisenbahn", sagte ich leise, der Zug rollte an und trug uns in die Bundesrepublik.

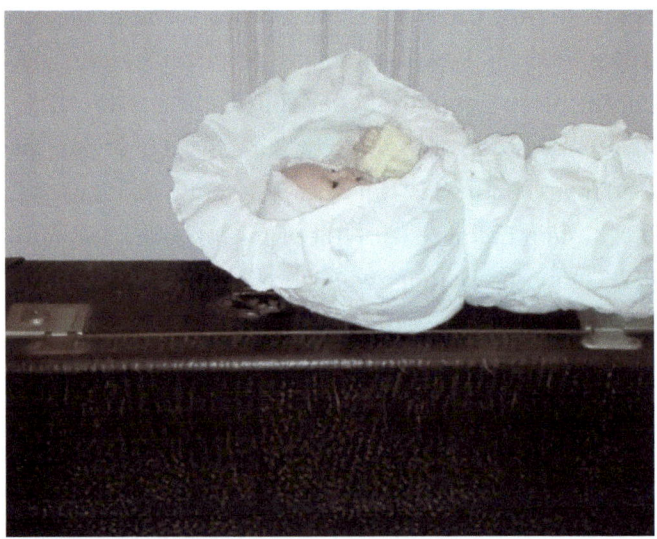

„Tausendschön" und der braune Koffer

Lebte in diesem Westdeutschland, in das wir geflüchtet waren, auch mein Vater?", fragte ich mich mit zunehmendem Alter. Oder war er in der Ostzone?, wie Mama einst erwähnt hatte. Hubert, so hieß er doch wohl. Mein Vater Hubert. Das war alles, was ich von ihm wusste. Außer dem bitterbösen Satz natürlich, den Mama immer sagte: „Margitta, du bist genauso missraten und nichtsnutzig wie dein Vater."

Bereits kleinste Verfehlungen ahndete meine Mutter mit diesen Worten, schlug sie mir ins Gesicht, als sei ich Schuld an den Geschehnissen, die sich zwischen meinen Eltern zugetragen haben müssen.

So arg Mamas Ausruf mir in der Kindheit zusetzte und mit Erreichen der Pubertät nicht weniger als scheißegal wurde, verband er mich doch mit meinem Vater. Ließ mich wissen, dass ich etwas mit Hubert gemein hatte, auch wenn es im Negativen war.

Gleichzeitig schlug meine Mutter diesen Ausspruch derart bitterböse und wie eine Mauer zwischen meinen unehelichen Vater und mich, dass ich Jahrzehnte davor zurückwich, Hubert M. zu suchen. Erst als meine Mutter 2009 starb, ich in ihrem Nachlass ein braunes Kuvert entdeckte, es öffnete und einige auf die Monate nach meiner Geburt datierte Briefe und Dokumente auf dem Küchentisch ausbreitete, begaben mein Mann Peter und ich uns auf eine Suche, die Unvorstellbares ans Licht bringen sollte.

„Liebesbriefe", schmunzelte ich beim Lesen der ersten Zeilen eines aus dem braunen Kuvert entnommenen Blattes. Versuchte mühsam zu entziffern, wie Hubert M. am 16. Dezember des Jahres 1951, acht Monate nach meiner Geburt, meine Mutter Ursula umschmeichelte. Sogleich erschütterte Huberts Liebesbrief das von meiner Mama während vieler Jahre gemalte Bild meiner Vergangenheit. Mein Vater sei bei unserer Republikflucht am verabredeten Treffpunkt nicht erschienen, hatte meine Mutter wiederholt erzählt. Gemein habe er uns sitzenlassen, bevor der eiserne Vorhang sich zwischen meinem Vater und mir senkte.

Womöglich war Mamas Geschichte eine ewige Lüge gewesen, um mir den Gedanken, nach meinem Vater zu suchen, vollends auszutreiben. Der Liebesbrief in meiner Hand, sowie weitere Dokumente aus dem braunen Kuvert, erzählten jedenfalls eine andere Geschichte. Verfasste Hubert M. sein Schreiben aus der Weihnachtszeit 1951 doch bereits im westfälischen Detmold, adressierte es an Mama in Sachsen und wünschte sich „weiter nichts" von seiner lieben „Süßen", der guten „Mutti von Margitta", „als dass du kommen tust. Das ist mein Wunsch für mein Leben, bei dir sein und bleiben. Wenn ich an Weihnachten denke, kommt mir das Grauen. Ich weiß, was ich die Feiertage mache. Ins Bett gehen und immer an dich denken, wie du zum Tanz gehen wirst. Aber einer der treu bleiben will, darf so etwas nicht machen. Ich war hier in Detmold noch nirgends. …

Ich liebe dich nur ganz allein."

Ob Mama den Liebesbrief beantwortete, während der Weihnachtszeit 1951 ausging und Huberts Eifersucht begründet war, kann wohl niemand mehr sagen. Womöglich wollte meine Mutter gar nichts mehr von meinem Vater wissen. War Hubert in den Westen gegangen, um eine Arbeit anzunehmen? Oder hatte er sich verdrückt, nachdem das Amtsgericht Rochlitz meinem Vater auferlegt hatte, „dem Kinde … bis zur wirtschaftlichen Selbstständigkeit … eine im voraus zu entrichtende Geldrente von vierteljährlich 105,- DM … zu zahlen und die Kosten dieser Verhandlung zu tragen." Auf restlose Begeisterung für seine Vaterschaft lässt die „Verhandlung" am Amtsgericht Rochlitz nicht schließen. Gleichwohl werden sich die Ereignisse nicht vollständig entwirren lassen. Bat mein Vater Hubert doch bereits einige Wochen vor seinem Liebesbrief, damals noch in Brühl bei Köln lebend, das dortige Standesamt in eidesstattlicher Erklärung darum, seine „Braut auf der Reise nach hier zu unterstützen."

„Ich beabsichtige", beteuerte mein Vater, „sofort nach meiner Großjährigkeitserklärung mit der Ursula Theer, ohne Beruf, evangelischer Religion, geboren am 3. November 1931 in Zapplau, Kreis Guhrau, die im Augenblick in Obergräfenhain, Kreis Rochlitz in Sachsen wohnt, die Ehe beim hiesigen Standesamt zu schließen. Da meine Braut bereits am 18. April 1951 in Obergräfenhain … ein Kind mit Vornamen 'Margitta-Giesela" vor der Ehe geboren hat, und ich der Vater dieses Kindes bin, … bitte ich meine Braut für die Reise nach hier zu unterstützen, damit wir hier unsere Ehe schließen können und das voreheliche Kind legitimiert werden kann."

Erst eineinhalb Jahre später fuhr Mama mit mir und „Tausendschön" tatsächlich in den Westen. Zu Hubert jedoch führte uns die Republikflucht nicht.

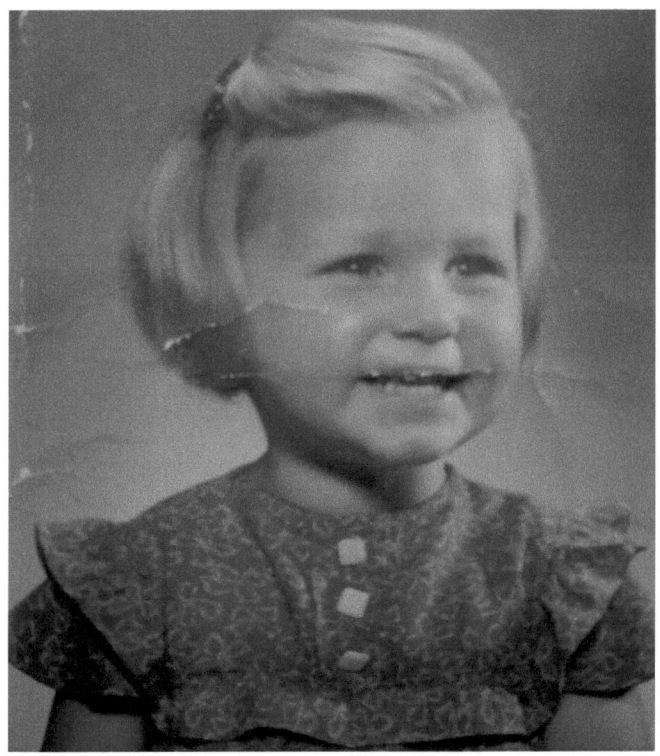

In Kulmbach lebte ich von 1953 bis 1956

Kinderjahre in Kulmbach

„Unser neues Zuhause", erklärte ich „Tausendschön"
und betrachtete den Bauernhof meines Onkels in der
Gegend von Kulmbach, auf dem wir ein kleines Zimmer
beziehen sollten. Wie klein es war sahen Mama und
ich, als ihr Bruder uns die Tür öffnete. Eine schmale
Kammer mit nichts als einem Bett lag vor uns, in der

Ecke stand ein winziger Ofen. Es würde nicht einfach sein, damit ein Essen zu bereiten, bot er doch nur Platz für einen Topf. Und nicht einmal einen solchen besaßen wir. Unser Bettzeug, das uns bei den Russen beinahe hatte auffliegen lassen, steckte in unserem Koffer, ebenso etwas Kleidung und jenes Konvolut Papiere, das ich später im Nachlass meiner Mutter auffinden sollte.

„Mama, ich habe Hunger", sagte ich leise, saß neben meiner Mutter auf dem Bett und blickte zur Tür, die sich eben hinter meinem Onkel geschlossen hatte. Seine Frau würde uns später etwas bereiten. „Eine Willkommensmahlzeit", wie sie sagte. Danach waren wir auf uns gestellt, gingen los und besorgten einen Topf.

Es war kein Laden, in den wir gingen. Vielmehr nahmen wir unseren Weg durch das Dorf und entlang der Einfahrten zu den Bauernhöfen. Mir gefiel, was ich sah. Und auch „Tausendschön" sollte es mögen, das hübsche Dorf, in dem wir im Westen nun lebten. Jeden Winkel würde ich durchstreifen und kennenlernen. Ganz allein, während meine Mutter auf der Arbeit war. Bald auch wieder an der Hundehütte vorbeikommen und mich daran erinnern, wie Mama und ich uns eilig dem kleinen Häuschen genähert, einen dem Hund als Fressnapf dienenden Topf geschnappt und uns davongemacht hatten.

Der Topf hatte ein Loch. Wir behielten ihn dennoch,

suchten die Schmiede und Mama ließ das richten. Später, während der Topf auf unserem Ofen stand und einige Kartoffeln darin kochten, saß ich mit „Tausendschön" davor und dachte an den Hund. Wir hatten ihm seinen Napf einfach vor der Hundehütte weggeklaut. „Ich glaube, wir durften das", flüsterte ich „Tausendschön" ins Ohr. „Der Hund kann ja auch so fressen."

Wir aßen und Mama erzählte von der Arbeit, die sie gefunden hatte. „Eine Wurstfabrik", sagte sie, ich biss in eine der für meinen Hunger zu heißen Kartoffeln und hoffte sogleich, meine Mutter würde künftig Wurstwaren von der Arbeit mit heimbringen. Damit wir Fleisch hätten zu den sich bald als tägliche Speise herausstellenden Kartoffeln und dem Brot.

„Ich bin morgen früh weg, wenn du aufwachst", sagte Mama noch, legte sich auf das Bett und schlief sogleich ein.

„Tausendschön, möchtest du eine Kartoffel?", hielt ich meiner Puppe etwas zu essen hin, kurz inne und steckte mir die Kartoffel selbst in den Mund. Draußen waren die Kühe zu hören. „Tausendschön" und ich saßen still da, lauschten und wärmten uns am Ofen, bis die Müdigkeit mich erfasste. Gerade noch schaffte ich es ins Bett, folgte meiner Mutter in unruhige Träume hinein.

Als ich erwachte war Mamas Bett bereits leer. Früh

morgens hatte sie sich mit dem Fahrrad zur Wurstfabrik aufgemacht und arbeitete mit Anfang Zwanzig zwischen dem toten Fleisch, während ich mir vorzustellen versuchte, wie lange es dauern würde, bis meine Mutter wieder heimkäme. „Am Nachmittag", waren Mamas Worte gewesen. Jetzt schien die Morgensonne, irgendwann würde die Mittagszeit folgen, dann der Nachmittag. Das wusste ich wohl. Nicht aber, wie endlos und einsam sich diese Stunden anfühlen konnten.

Ich trat ans Fenster und sah meinen Onkel den Hof überqueren. Vier Kinder und viel Arbeit hatte er und würde keine Zeit für mich haben. Auch das hatte Mama gesagt. „Missraten und nutzlos", wie ich war, wolle mich wohl sowieso niemand, dachte ich. Außer „Tausendschön" vielleicht. Aber die konnte ja auch nicht anders. Traurig betrachtete ich unseren Topf und erschrak, als es an der Tür klopfte.

„Margitta?"

Die Stimme, die vom Flur ins Zimmer drang, war mir fremd. Ein Name wurde genannt und eine Erklärung. „Der Säufriedrich ist hier. Deine Mutter hat mich gebeten, dich mitzunehmen. Damit du nicht den ganzen Tag allein bist. Zieh dich bitte an, Margitta, und komm runter. Ich habe auch etwas Brot für dich im Auto."

Ich tat, was der Mann, der sich als unser Nachbar herausstellen sollte, von mir erwartete, trat schließlich vor das Haus und wurde von einem Ferkelkreischen begrüßt, das aus einem alten VW-Bus kam.

„Steig bitte ein", verschaffte der „Säufriedrich" sich im Gegrunze Gehör, ich kletterte in den VW und liebte sogleich, wie warm und gemütlich es in dem Wagen war. Nicht einmal der uns einhüllende Ferkelduft störte mich, als es, während ich an meinem Frühstücksbrot knabberte, über Land ging. „Friedrich", wie ich unseren Nachbarn nennen sollte, verkaufte seine Ferkel an die Bauern der Gegend, fuhr mit seiner quiekenden Ladung auf die Höfe, pries seine Ware an, verhandelte, griff sich einige Ferkel aus dem Hinteren des Busses und steckte das Geld ein. Dann fuhren wir weiter.

Oft sagte Friedrich Nettes zu mir und wir sprachen ein bisschen. „Nimm dir noch Brot, Margitta", bot er mir an. Ich durfte nichts nehmen. „Du Nichtsnutz", sagte Mama immer, „bekommst dein Essen nur von mir."

Hunger hatte ich trotzdem und nahm, was der Mann oder seine liebe Frau mir anboten. Es war warm im Auto, gab etwas zu essen und die beiden waren nett. Viel war es nicht, was ich hatte. Aber es war recht schön, wenn wir so dahinfuhren und ich aus dem Fenster sah. Blieben die Ferkeltouren aus, war ich allein. Spielte nach dem Aufwachen mit „Tausendschön" in den Morgen hinein, aß etwas vom Brot und den Wurstresten, die Mama aus der Fabrik mitbrachte, schlug dann die Zimmertür hinter uns zu, ging mit meinem Onkel und meiner Tante aufs Feld oder bummelte mit

„Tausendschön" durchs Dorf. Hunderte Male sollte ich das tun. Kannte jeden Hof und jeden Winkel, wurde in Küchen eingelassen, wo ich etwas zu essen bekam. Durfte auch von diesen Menschen nichts nehmen. Natürlich nicht. Aß dennoch und antwortete spärlich auf die Fragen, die von den Dorfbewohnern an mich gerichtet wurden. Fragen über meine Mutter, wo wir herkämen und auch über meinen Vater. Wo er denn sei?, wollten einige wissen. Ich wusste es nicht. „Im Osten", hatte Mama einmal gesagt und ich wiederholte das. Was aber so ein „Osten" war, hatte sie mir nicht erklärt. Immerhin gab es ihn, meinen Papa. Das war ja schon mal was.

Es waren viele Küchen und Wohnstuben, in denen ich saß und mir Brot, Milch oder manchmal auch Kuchen gereicht wurde. Ich bin sehr dankbar für diese Gutmütigkeit. Gleichwohl auch froh, dass mir kleinem Mädchen in der Dunkelheit der Bauernhöfe nichts Schlimmes widerfahren ist. Nicht einmal die frei im Dorf herumstreifenden Hunde taten mir etwas. Wir schienen Verbündete zu sein. Verbrachten ähnliche Tage. Einmal saß ich vor jener Hundehütte, deren Bewohner wir seinen Fressnapf gestohlen hatten. Sein Herrchen hatte ihm einen neuen Topf hingestellt. Beinahe sah er besser aus als der unsrige.

„Mama kommt bald", saßen wir zum Nachmittag oft im Wind und hielten Ausschau. Bis an dessen äußerste

Auf den Felsen saßen wir und schauten nach Mama

Spitze, dorthin, wo es auf dem hinter unserem Haus liegenden Felsen gefährlich wurde, war ich mit „Tausendschön" geklettert und balanciert. Blickte über das Dorf. Gleich würde Mama auf ihrem Fahrrad zu erkennen sein. Ich freute mich auf sie. Ob auch meine Mutter glücklich sein würde, mich nach der Arbeit zu sehen? Eigentlich glaubte ich es nicht und spürte, wie ein Zittern meinen Körper durchzog.

Es war gefährlich, dort, ganz vorne auf der Spitze des Felsens zu sitzen und die Nase in den Wind zu stecken. Ich fiel nicht. Passte gut auf mich auf. Konnte doch

Mamas Hochzeit mit Herrn F. - ich stehe vorne rechts im Abseits

„Tausendschön" nicht allein lassen. Wer hätte sich sonst um sie gekümmert?

Viel Geld war es nicht, was Mama aus der Wurstfabrik heimbrachte. „Am Wochenende", ließ sie mich wissen, „bediene ich im Gasthof. Du kannst in einem der Gästezimmer schlafen."

Mit „Tausendschön" saß ich im Rauch der Schankstube und beobachtete meine Mutter, wie sie Gläser und Teller herbeischaffte und die Gäste bediente, abräumte und mit dem dreckigen Geschirr in der Küche verschwand. Später zeigte sie mir die Kammer, wo ich schlafen sollte. Lange lag ich wach und lauschte dem Lärm aus der Schankstube. An einem der Abende des Jahres 1954 sollte meine Mutter dort an einen der Tische treten, mit einem Mann ein Gespräch beginnen, ihn kennenlernen, bald mit heimbringen und heiraten. Richard F. stand mir gegenüber und mochte mich vom ersten Moment an nicht. Womöglich sah er vieles in mir, dass ihn nicht an meine Mutter erinnerte, sondern an einen anderen Mann: Meinen Vater Hubert M.

Dieser war, wie ich später den alten Papieren entnehmen konnte, 1955/1956 gar nicht im Osten, wie Mama immer sagte. Zwei Jahre nach dem an die „süße gute Mutti von Margitta" gerichteten Liebesbrief, hatte Hubert M. 1953 in Detmold geheiratet und mit seiner Frau Waltraud die ersten von sieben Kindern gezeugt. Und mich, die lange Vergessene, gab es natürlich auch noch. Huberts erste Tochter. Lange ging Mama meinen Vater um Alimente an. Hubert zahlte nicht. Eine gewaltige Summe türmte sich auf, die ihm bald um die Ohren fliegen und zu einer, wie sich zeigen wird, kuriosen Tat verleiten sollte.

Auf diesem Bett saß die Kohlrabenschwarze neben mir

Kohlrabenschwarz

Wir zogen nach Bamberg – Mama, „Tausendschön",
ich, mein Stiefvater und seine immerfort in
Kohlrabenschwarz gekleidete alte Mutter, die mich
kaum weniger zu hassen schien als ihr Sohn. Wie
auch seine Brüder, war Richard F. Knecht auf dem
Gutshof des Bürgermeisters gewesen, während seine
Schwestern sich dort als Mägde verdingten. Jetzt hatten

wir die Alte am Hals. Eine Hexe. Anders kann ich es nicht sagen. Sicher betete sie den ganzen Tag, um ihre eigenen, finsteren Dämonen auszutreiben. Immerfort waren ihre Hände gefaltet, murmelte sie Bibelstellen in ihre kohlrabenschwarze Welt hinein. Ich hielt das nicht aus. Musste neben der Alten auf der Bank sitzen, den Greisengeruch ertragen, die Gebete und das finstere Schwarz. Mama hatte diesen schrecklichen, mich nicht mögenden Mann geheiratet. Und dieser hatte die Hexe mit in die Bamberger Wohnung gebracht. Da alterte und betete sie nun vor sich hin. Sie war nicht streng, sie war böse. Das schönste Weihnachtsgeschenk meiner Kindheit, was tat die Alte – sie quälte mich damit.

„Eine Puppenstube", konnte ich nicht glauben, was für mich unter dem Weihnachtsbaum stand. Nie zuvor hatte ich ein Geschenk bekommen, das auch nur annähernd so schön gewesen war wie jenes, von meinem Onkel Eugen aus Obstkisten gebaute und mit allerlei hübschen Vorhängen, Möbeln und Teppichen versehene Häuschen. Ich liebte es vom ersten Moment an. Es gab jemanden auf dieser Welt, der so etwas Schönes für einen „missratenden Nichtsnutz" wie mich tat. Wie glücklich mich das machte. „Ob mein Papa mir auch eine solche Puppenstube gebaut hätte?," überlegte ich im Schein der Weihnachtsbeleuchtung und verwarf den Gedanken. „Das geht ja gar nicht. Der ist ja im Osten."

Kaum kniete ich vor meinem Puppenhäuschen und wollte das Spielen beginnen, kam meine Stiefoma und nahm es mir weg. „Setz dich dahin, Margitta", heischte sie mich an und drängelte mich zum Bett. Kaum saß ich auf der Matratze, humpelte die Hexe zur Nachbarwohnung, klopfte an die Tür und lud die dort lebenden acht Kinder ein, mit meinem Puppenhäuschen zu spielen.

„Kommt nur, kommt nur", kamen die Kinder zu den Worten der Alten herbei und fielen über mein Häuschen her. „Du ...", starrte die Hexe mich böse an und nahm neben mir auf dem Bett Platz, „... bleibst hier sitzen und machst keinen Mucks."

Ich saß, schwieg und suchte in meinem Innersten vergeblich nach etwas, das ich getan haben könnte. Warum nur strafte mich die Alte derart? Für was?

Mein Blick fiel auf den an der Tür baumelnden Teppichklopfer. Ich bekam ihn oft und wegen Kleinigkeiten zu spüren. Manchmal wohl nur, weil ich da war und lebte.

Mama, sie hat meinen Stiefvater nie geliebt. Das war unverkennbar. Holte diesen Mann wohl in unser Leben, um besser versorgt zu sein. Dachte meine Mutter manchmal noch an Hubert und die gemeinsame Zeit in A.? An die Wochen, in denen sie sich nahegekommen waren und mein Leben begann? Mama tat, als verabscheue sie Hubert und brachte nur Böses über ihn in die Welt. Oder dachte sie doch voller Sehnsucht an ihn, während mein Stiefvater neben ihr im Bett leg?

In Bamberg zog Mama einen Schlüssel der Wohnung und einen der Haustür auf eine Schnur und baumelte mir diese um den Hals. Ich musste zur Volksschule. Niemand würde bei meiner Heimkehr in der Wohnung sein. Nicht einmal die Hexe, die, wohin auch immer, nach den ersten Monaten verschwunden war. „Sicher zur Hölle gefahren", dachte ich Verbotenes. Oder Mama hatte meinem Stiefvater letztendlich doch gedroht, sie würde ihn verlassen, wenn er die kohlrabenschwarze Hexe nicht aus der Wohnung schaffte.

Nur „Tausendschön" wartete auf mich, als ich von der Schule heimkam, und schwieg wie immer. Wäre doch nur das Puppenhaus noch dagewesen. Mit den anderen Weihnachtsgeschenken aber war es, wie damals vielerorts üblich, gut verpackt auf dem Dachboden verschwunden, um zur nächsten Bescherung und um einige Accessoires ergänzt erneut unter dem Christbaum zu stehen.

In der Schule gefiel es mir. Endlich gab es am Vormittag etwas zu tun. Ich musste nicht mehr einsam umherstreifen und fand Freundinnen. In Kulmbach hatte ich manchmal mit meinen Cousins gespielt, aber die dortige Zeit ist, weil alles so durcheinander war, wie geisterhaft in meiner Erinnerung. Jetzt waren richtige

Bescheinigung.

Der Kindesvater Hubert M ü l l e r , geb. 5.12.32, wohnhaft
in Detmold, Schülerstraße 35, hat für das nichteheliche Kind d
Ursula Förster, geb. Theer in Memmelsdorf-Lichteneiche, Stocks
straße 7, namens Margitta Gisela T h e e r , geb. 18.4.51 in
Obergräfenhain, Kreis Gleithain, wohnhaft in Memmelsdorf-Licht
eiche, Stockseestraße 7, für die Zeit vom Tage der Geburt, d.i
vom 18.4.51 - 31.3.59, an Unterhaltsbeiträgen

                                     3.690,—DM zu zahlen.

          Gezahlt sind: 353,10DM

Es sind somit rückständig: 3.336,90DM.
                                     ===============

                    I.A.

Papa zahlte nicht für mich

Freundinnen um mich. Mädchen, in deren Leben es
ebenso einfach und hart zuging, wie in meinem. Sind
es doch immer seinesgleichen, die man sich sucht. Und
der Lehrer? Was lobte er nicht immer die Guten und
Adretten. Wir anderen sollten eigentlich, so muss ich
wohl sagen, unseren Scheiß alleine machen.

Mit meinem ersten Zeugnis in der Hand trödelte ich
endlos auf dem Heimweg. Wäre meiner Mutter und
meinem Stiefvater am liebsten gar nicht unter die
Augen getreten. Jetzt hatten sie es schriftlich. Ich war
ein „Nichtsnutz". Mama sagte das, als sie aus ihrer
Großküche kam und mit bösem Blick meine Noten
musterte. Mein Stiefvater sagte nichts und holte den

Teppichklopfer. Später betete er wieder, ebenso fromm und bitter, wie seine kohlrabenschwarze Mutter es getan hatte.

Es war das Jahr 1959, ich war in der zweiten Klasse der Volksschule und meine Mutter erhielt eine Bescheinigung vom Landratsamt Bamberg, die vermuten lässt, warum Hubert M. sein Leben und das seiner Familie kurz zuvor in völlig neue Bahnen gezwungen hatte.

„Der Kindesvater Hubert M. ... hat für das nichteheliche Kind ... namens Margitta Gisela ... für die Zeit vom Tage der Geburt, das ist vom 18.4.1951 bis zum 31.3.1959, an Unterhaltszahlungen (zu leisten)", war in dem meinerseits in Mamas Nachlass gefundenen Schreiben vom April 1959 zu lesen. Dann wurden die Summen genannt:

„3.690,- DM
Gezahlt sind: 353,10 DM
Es sind somit rückständig: 3.336,90 DM."

Während der acht Jahre seit meiner Geburt hatte mein Vater Hubert lausige 353,- DM für mich gezahlt, jährliche 44,- DM, wenn man so will. 3.336,90 Deutsche Mark schuldete er meiner Mutter und mir. Ein kleines Vermögen war das damals.

Womöglich ist es diese gewaltige Summe gewesen, die meinen Vater Hubert zu etwas bewegte,

Meine Kommunion im Jahre 1960

das allen künftigen Ärger um Alimente und jede weitere Konfrontation mit meiner Mutter endgültig unterbinden sollte: Hubert M.´s damals fünfköpfige Familie packte 1959 ihre Koffer und zog, während die meisten Menschen der sich endgültig abriegelnden DDR zu entkommen versuchten, nach A. in Sachsen. Bis zu seinem Tod würde mein Vater dort leben und wird gewusst haben, was die Stadtverwaltung A. meiner Mutter hinsichtlich der ausstehenden 3.336,90 DM vor den Latz knallen würde.

„Sehr geehrte Frau F.", heißt es in einem Schreiben der Stadtverwaltung A. aus dem Jahre 1960, „... teilen wir Ihnen mit, dass Sie aufgrund ihrer Republikflucht keinerlei Ansprüche auf Unterhaltszahlungen geltend machen können."

Hubert M. betrat mit dem Staatsgebiet der DDR für ihn sicheres Terrain. Dass mindestens eines seiner Kinder ihn dafür hasste, hinter den eisernen Vorhang gezogen zu sein und seine Familie einem Leben in der DDR gleichsam ausgeliefert hatte, hörte ich später. War es doch mein Halbbruder Udo, der in den Westen zu flüchten versuchte, von den Grenzsoldaten erwischt, eingesperrt und diese psychische Hölle nie wieder los wurde.

Monday Monday

Wieder rannte meine Mutter in den Keller und sperrte sich ein. Konnte ebenfalls kaum leben mit meinem Stiefvater Richard, seiner sturen, oft ins Bösartige abrutschenden Art, den ewigen Gebeten, die seine innere Kälte doch nicht zu vertreiben mochten. Pünktlich zu den Nachrichten stellte er mittags um 12 Uhr das Radio ein. Kaum war das Wetter verkündet worden, drehte er das Gerät wieder aus. Musik kam ihm nicht ins Haus. Bloß kein Hauch von Fröhlichkeit. Mir zum Geburtstag zu gratulieren, mit einem Lächeln vielleicht oder einer herzlichen Geste, war meinem Stiefvater unmöglich. Erst als erwachsener Frau reichte dieser Mann mir die Hand. Es war mein siebenundzwanzigster Geburtstag und Richard F. gratulierte mir tatsächlich auf diese nie dagewesene Weise.

Einem Kind sollten meine Mutter und mein Stiefvater aus dem Abgrund ihrer Ehe dennoch das Leben schenken. Elf Jahre war ich, als mein Halbbruder geboren wurde und seine Existenz mein Leben zusammenschnürte. Kam ich um 13 Uhr von der Schule heim, stand meine Mutter fortan, den Kinderwagen an ihrer Seite, vor unserem Haus und wartete nervös und schlechter Stimmung auf mich. Kaum erreichte ich sie, drückte Mama mir den Kinderwagen gegen die Brust und zischte noch einige Worte darüber hinweg.

„Die Herrschaften hassen es, wenn ich zu spät komme. Es ist deine Schuld, Margitta. Wie immer."

Gleich wandte Mama sich ab und ließ mich mit meinem winzigen, im Kinderwagen zappelnden Halbbruder allein. Ich war zwölf, spürte meinen wachsenden, vorpubertären Freiheitsdrang in mir und hatte nun dieses Baby am Hals. Und nicht nur das. Während meine Mutter bei den, wie sie sagte, „Herrschaften" putzen ging und nachts in Heimarbeit Polierscheiben für die Autoindustrie fertigte, blieb nicht nur mein Schreihals von Halbbruder, sondern auch der gesamte Haushalt an mir hängen. Mein Stiefvater, er hätte einen Teufel getan und seine ewig betenden Hände mit Abwaschen befleckt.

Es war zum Verzweifeln. Ganze Nachmittage heulte der Kleine durch, stieß die Flasche mit seinen winzigen Fäusten von sich, hatte wieder die Windeln voll, einen wunden Hintern, schlief nicht, sondern kreischte einfach weiter. Ich war zwölf – keine Mutter, sondern ein Kind, das all das zu bewältigen hatte, woran Erwachsene oft scheitern. Schlief mein Halbbruder tatsächlich einmal, begann ich mit dem Abwasch. Es klapperte. Er wachte wieder auf. Wütend und hilflos nahm ich die ganzen scheiß dreckigen Töpfe und Pfannen, schmiss sie, wie sie waren, in den Schrank und trat mit dem Fuß dessen Tür zu.

Alles wurde mir egal. Nicht nur an diesem, sondern an jedem Tag. Tief in mir wurzelten ein Widerwillen und eine Abneigung gegen mein Leben. „Nicht mehr lange", das spürte ich genau, dann würde ich mit den Erwachsenen meiner Welt heftigst aneinandergeraten. Das war unvermeidlich, wusste ich, suchte mich aus meiner Verzweiflung zu befreien und ging zur Schublade mit den Buntstiften.

Ich begann zu zeichnen. Wie sehr ich das mochte. Liebte es, bunte und fröhliche Welten entstehen zu lassen, Tänzerinnen oder hübsche Frauen in eleganten Kleidern. Die Modezeitschriften von Aenne Burda, dieser „Königin der Kleider", gingen mir nicht aus dem Kopf. Einst hatte ich sie bei einer Verwandten gesehen, lange darin geblättert, die Zeichnungen betrachtet und mich in die Schnittmuster hineingedacht. Wie großartig musste es sein, einen solchen Beruf zu haben, Modezeichnungen zu erstellen, sich immer neue, elegante und ausgefallene Kleidungsstücke auszudenken. So etwas wollte ich tun. Nicht in irgendwelche Wurstfabriken oder zu den Herrschaften gehen. Ich konnte zeichnen. Jedenfalls gefiel mir, was auf dem weißen Papier entstand. Vielleicht würde Aenne Burda meine Zeichnungen ja auch mögen. Ich bräuchte nur ihre Münchener Adresse aus einer der Modezeitungen abzuschreiben, ein paar Zeilen zu verfassen und diese gemeinsam mit einigen meiner

Zeichnungen an sie zu schicken. Was hatte ich schon zu verlieren?

Erregt von diesem Gedanken fasste ich Mut und Hoffnung, nahm einen Stift zur Hand und zog einige erste Linien auf weißem Papier. Die Umrisse einer Frau waren zu erkennen, abstrahiert und auf diese eigenartige Weise modern, wie es bei Modezeichnungen gemacht wird. Gleich ergänzte ich einige Schraffuren, etwas Farbe und deutete einen Rock an. Er gefiel mir und ich spürte den Linien nach, arbeitete die Kleidung weiter heraus und verstärkte die Konturen. All das geschah auf eine noch kindliche Weise, gleichwohl war mein Zeichnen von einem Ernst und einer Wahrheit erfüllt, die ich von keiner meiner sonstigen Tätigkeiten kannte. Immer waren Dinge zu erledigen, einfach abzuhaken, unaufhörlich ging es weiter und weiter mit Babyhüten, Abwaschen, Wäsche falten, Hausarbeiten und den zunehmend heftigeren Streitereien mit Mama und meinem Stiefvater. Manchmal schien mir unsere Wohnung voller Hass zu sein. Jeder hasste jeden und dazwischen schrie das Baby.

In Kulmbach, wie oft war ich dort allein gewesen und die lediglich von den Lauten der Tiere durchzogene Stille hatte mir beinahe das Atmen genommen. Jetzt war immer dieses Schreien da, die vollgekackten Windeln, Mama mit ihren Verzweiflungen und mein Stiefvater mit seinen Gebeten und Nachrichten.

Ich stellte das Radio an. Es lief Musik. Das gefiel mir. Mein Halbbruder schlief. Niedlich lag er in seinem Bettchen. „Wie es doch möglich ist", wunderte ich mich, „dass ein Kind meines Stiefvaters hübsch und tatsächlich entzückend vor einem liegen kann."

Leise lehnte ich die Tür an, schob meine Hausaufgaben an die Seite des Küchentisches und widmete mich erneut meinen Zeichnungen. Der Rock mit der skizzierten modischen Dame darin gefiel mir noch immer. Einige Farbtupfer fügte ich hinzu und legte das Blatt an die Seite. Ich würde es an Aenne Burda schicken. Ebenso, wie die weiteren Zeichnungen, die ich in den folgenden Tagen anfertigen, mir im Chaos meines Lebens die Zeit nehmen und zu den Buntstiften greifen sollte, um weitere hübsche Modedamen in Kleidern, Blusen und coolen Stiefeln in die Welt zu setzen. Glücklich betrachtete ich die fertigen Modezeichnungen. So etwas hatte ich noch nie geschaffen. Richtige kleine Kunstwerke waren es. Keines der Bilder war „missraten", wie Mama mich während all der vierzehn Jahre seit meiner Geburt fortwährend nannte. Was auch immer ich getan und gesagt hatte, aus der Zwickmühle missratener Nichtsnutzigkeit war ein Entkommen für mich bisher unmöglich gewesen. Beim Betrachten der vor mir auf dem Tisch ausgebreiteten Zeichnungen jedoch, wurde ich von einem Gefühl ergriffen, das mir in dieser Form unbekannt war. Es machte mich glücklich

Meine Modezeichnungen

und stolz. Ich, Margitta, die Missratene und ganz wie ihr Vater Nichtsnutzige, hatte diese Modezeichnungen gefertigt. Das hier war mein Werk. Es fühlte sich nach Freiheit an und einer Chance, mich aus der Zwickmühle der Niedertracht zu befreien.

Am folgenden Tag warf ich den mit Aenne Burdas Münchener Adresse und meinem Bamberger Absender versehenen Umschlag in den Briefkasten. Meinen Zeichnungen hatte ich einen Brief beigegeben. Einige Zeilen nur, die mir aus der Seele sprachen. „Sehr geehrte Frau Burda, ich wünsche mir nichts mehr, als bei ihnen eine Ausbildung zu machen. Bitte schauen Sie sich meine Zeichnungen an.

Liebe Grüße

Margitta-Gisela F. "

Aenne Burda öffnete wohl meinen Umschlag, zog die Zeichnungen heraus und wird sie eine Weile betrachtet haben. Eine Antwort auf meinen Brief wurde verfasst. Er kam von einer Modeschule. Sie wollten mich „gern dabei haben."

Ich sprang auf vor Freude. Fasste es nicht, hatte einen Ausweg gefunden, atmete frei wie nie zuvor und war im nächsten Moment doch wieder gefangen.

„ ... müssen Sie zuerst eine Schneiderlehre absolvieren", las ich weiter und wäre an den Worten beinahe erstickt. Genau das war es, was auch meine Mutter sich für mich wünschte. „Eine Ausbildung als Schneiderin, Margitta", hatte sie mich mehrfach gedrängelt, „das wäre genau richtig für dich."

Aenne Burda und meine Mutter rieten mir dasselbe für meine Zukunft. Wie ein Kurzschluss schoss die Vorstellung, Schneiderin zu werden, durch meinen jugendlichen Körper und explodierte in Trotz und Abwehr gegen meine Mutter. Nie im Leben würde ich ihr den Wunsch erfüllen, Schneiderin zu werden. Auch mein Traum, bei Aenne Burda zu arbeiten, kam nicht dagegen an, zerplatzte einfach und blieb wie zertretenes Konfetti am Boden liegen. Mein Halbbruder

Monday Monday

kreischte. Sicher hatte er wieder die Windeln voll. Alles scheiße.

„Fange ich eben beim Friseur an", beschloss ich und der Gedanke gefiel mir. Besonders, weil Mama dagegen war. Aber so ist das eben, wenn man sich eine missratene Tochter herbeiredet. Irgendwann lässt das nichtsnutzige Kind sich auch nichts mehr vorschreiben. Ich suchte mir einen Ausbildungsplatz und fand Gefallen an der Lehre. Mein Unbehagen wurde ich dennoch nicht los. Ich musste zuhause raus. Alles in mir verlangte danach. Während meiner Ausbildung allerdings würde es finanziell unmöglich sein, das Leben der Familie F. hinter mir zu lassen.

„Heute ist frei", kicherte mir eine Freundin auf dem Weg zur Berufsschule ins Ohr. Ihr Atem kitzelte nicht weniger als die Versuchung, den Unterricht sausen zu lassen.

„Heute ist Montag", stupste ich meine Freundin in die Seite. „Verlängern wir also das Wochenende."

Fröhlich hakte ich sie unter. Unser Entschluss war gefasst und mit jugendlicher Leichtigkeit stießen noch vier weitere Mädchen aus unserer Klasse zu uns, die gegen einen heiteren Vormittag nichts einzuwenden hatten. Sechs Mädchen aus der selben Berufsschulklasse – es war naiv zu glauben, die Sache flöge nicht auf. Aber egal, unser Vormittag gestaltete sich zauberhaft.

In einer Kneipe nahe der Berufsschule rotierten in der Musikbox ständig die neuesten Hits. Das gefiel uns allen. Und immer wieder ließen wir die Schallplattenspielernadel auf einem Stück aufsetzen, das uns zum Soundtrack dieses glücklichen Tages wurde. „Monday Monday, so good to me", sangen wir fröhlich mit den Mamas & Papas. Und sie hatten recht: Der Montag fühlte sich grandios an in diesem Café, mit meinen Freundinnen und inmitten der coolen Musik. Von allem Ärger mit Mamas und Papas hätte ich während dieser Stunden nicht weiter weg sein können. So fühlte ich mich jedenfalls. Dabei war meine Mutter gar nicht fern. Aber das wusste ich da noch nicht.

Kaum hatten die Mitarbeiter die Glastüren von Hertie entriegelt, bummelten wir Mädchen „Monday Monday" trällernd in das Kaufhaus, stundenlang probierten wir die neueste Mode aus, schminkten uns, drehten uns vor den Spiegeln und kicherten zur Zigarette. Aufgekratzt schüttelten wir uns den Rauch aus den Haaren, fuhren die Rolltreppen herunter und kamen lachend ins Freie. Beinahe hätte ich meine Mutter umgerannt.

Vor dem Eingang von Hertie hatte sie auf mich gewartet. Schaute zornig und voller Hass auf ihr missratenes Kind. Gleich schoss ihre Handtasche auf mich nieder. „Du verflixtes Luder", schrie Mama, während meine Mitschülerinnen wie die Vögel auseinanderstieben und sich verdrückten. Auch sie würden Ärger bekommen.

Selbstverständlich hatte unser Berufsschullehrer das Fehlen von gleich sechs Mädchen aus seiner Klasse gemeldet, die Ausbildungsbetriebe waren verständigt worden, alle Eltern und Mama hatte den nächsten Bus genommen.

„Das machst du nicht nochmal", bläute sie mich auf dem Weg zum Bahnhof und dem Salon meines Meisters mit der Handtasche. Zornig starrte dieser mich an. Ballerte mir vor den Augen meiner Mutter eine Ohrfeige gegen den Kopf, dass ich ins Taumeln geriet und lang hinschlug. Beinahe hätte ich einen der Spiegel umgerissen und wohl in Scherben gehen lassen. „Schade eigentlich", dache ich mir später, „dass es nicht so kam."

„Monday Monday" spielen sie noch heute manchmal im Radio. Dann sehe ich uns Mädchen vor mir, lachend im Café, mit rotem Lippenstift vor den Spiegeln von Hertie. Wir lachten so frei und glücklich, drehten uns mit unseren Kleidern wie die Schallplatte in der Musikbox. „Monday Monday", was für ein wundervoller Montag bist du gewesen.

Ich muss hier raus

Ich schmiss die Lehre. Hielt alles, was nach „Monday Monday" im Betrieb und daheim geschah, nicht mehr aus.

„Du kannst ruhig weg", begrüßte meine Mutter es offenbar, wenn ich aus ihrem Alltag verschwände. „Erstmal aber gehen wir zur Caritas."

Ich war nicht volljährig, gerade einmal sechzehn Jahre alt. Mama konnte mich nicht rausstoßen in die Welt, bevor ich nicht ein neues Dach über dem Kopf hatte. Und bei der Caritas konnte man augenscheinlich eines bekommen.

„Fräulein F.", bot die Dame des Wohlfahrtsverbandes mir auch gleich zwei Optionen an. „Wollen Sie ins Kinderheim oder lieber ins Altenheim?"

Ich war kein Kind mehr, aber alt war ich mit meinen sechzehn Jahren auch nicht. Was also sollte die dumme Frage?, dachte ich und hakte nach.

„Wohnen?"

„Arbeiten und wohnen", eröffnete mir die Dame der Caritas und ich nickte. Einen Traumjob wie bei Aenne Burda hatte ich nicht erwartet, überlegte kurz und entschied mich für die Alten. Von Kindergeschrei hatte ich wahrlich genug.

„Gut", sagte die Frau, kramte kurz in ihren Papieren herum und nannte die Namen zweier Ortschaften.

„In Bubenreuth bei Erlangen oder lieber Burgkunstadt?"
Bubenreuth kannte ich, wusste, dass der Ort ganz in
der Nähe von Bamberg und meiner Familie lag. Also
entschied ich mich für Burgkunstadt. Wie hübsch das
klang. Sicher lag dieses Städtchen in weiter Ferne von
meiner Familie in einer entzückenden Gegend und
wurde von einer Festungsanlage überragt. So jedenfalls
stellte ich mir dieses Burgkunstadt vor, entschied mich
für das dortige Altenheim und wunderte mich nicht
wenig, dass es nicht einmal eine Stunde dauerte, bis
wir das gelbe Ortsschild passierten.

Kaum betrat ich mein neues Zuhause, hoffte ich im
selben Moment, dass die Alten nicht aussahen, wie
meine kohlenrabenschwarze, plötzlich verschwundene
Stiefoma. Etwas farbenfroher war es dann doch. Ich
mochte die Alten. Waren sie doch auf eine, wenn auch
manchmal traurige, gleichwohl angenehme Art für
alles dankbar, was man ihnen gab. Ganz egal, ob es
Zuwendung war oder die Lesebrille.
Die Arbeit im Altenheim ging mir gut von der Hand.
Außerdem waren die Vorteile des Hauses unschlagbar.
Nicht nur hatte ich ein warmes Zimmer für mich allein,
auch meine Wäsche wurde gemacht und mehrmals
täglich gab es etwas Vernünftiges zu essen. Dass
ich meine Lehre und einen normalen beruflichen
Werdegang unter der ungelernten Tätigkeit im

Altenheim begrub, war mir bei allen Vorteilen des Hauses und der neu gewonnenen Freiheit mehr als egal. Nicht nur war ich meine nervige Familie los, endlich konnte ich auch das Haus verlassen, wann immer ich wollte.

„Um 20 Uhr wird abgesperrt", klangen mir zwar die Worte der Heimleitung noch im Ohr, meine neue, aus Schlüsselfeld stammende und im Nebenzimmer wohnende Freundin indes ließ mich rasch wissen, wie wir aus unseren Fenstern in den Abend steigen konnten. Niemand bemerkte oder interessierte das. Wir waren jung, verschwanden lange in der Nacht, kletterten fröhlich wieder in unsere Zimmer, mal allein, mal mit einem Freund.

„Peter", gab ich dem Besten von allen im Morgengrauen einen Kuss. „Jetzt muss ich mich um die Alten kümmern."

Peter hopste aus dem Fenster. Bald würde ich ihn wiedersehen und nach vier Jahren der Verbundenheit und Liebe am 14. Juli 1972 heiraten. Mehr als fünfzig Jahre ist das her. Peter, mein lieber langhaariger Mann, was haben wir seit den ersten Fensterklettereien im Altenheim nicht alles auf den Weg gebracht. Und das Beste: Auch heute noch würde ich dich, klopftest du wie damals an mein Fenster, hereinlassen.

Die Hochzeit mit Peter am 14. Juli 1972

Nach einem Jahr im Altenheim musste ich meine Wäsche wieder selber waschen. Der Vertrag mit der Caritas lief aus. Dass ich nicht volljährig war, interessierte niemanden, als ich mit zwei Taschen mein warmes Zimmer im Erdgeschoss des Altenheims verließ und mir bei Freunden eine Bleibe suchte. Mal wohnte ich hier, dann dort für eine Weile. Besaß nicht mehr, als in die beiden Taschen passte und ging tagsüber in jene Schuhfabrik, in der auch mein Peter sein Geld verdiente. Bei einem Getränkehandel sollte ich später arbeiten, als Verkäuferin im Kaufhaus Tietz und nach meiner Hochzeit am Fließband einer Bekleidungsfirma stehen.

Manchmal, während die abzupackenden Kleider an mir vorbeiratterten, dachte ich an meine einst erstellten und voller Glück und Stolz an Aenne Burda geschickten Zeichnungen. Wie gut hatte ich das doch hinbekommen. Hätte lediglich die Schneiderlehre absolvieren und anschließend in München anklopfen müssen, um am Zeichentisch in die Welt der Mode einzusteigen, nicht am Fließband. Meine Zeichnungen waren gelobt worden. Gelobt. Hatte Mama das jemals getan, mich gelobt?

Nein. Immerfort waren Mamas Worte für ihre Tochter abfällig gewesen. Derart hatten sie mich gegen meine Mutter und mein eigenes Leben aufgebracht, dass ich nichts als ausbrechen konnte, meine Ausbildung beim

Friseur ebenso zerschlug, wie Aenne Burdas Vorschlag, eine Schneiderlehre zu absolvieren. Nun hatte ich nichts. Stand an diesem verdammten, ewig ratternden und mit Kleidung beladenen Fließband und wusste nicht einmal, wohin ich mich träumen sollte.

Es war eine Schande, keine Ausbildung zu haben und sich durchzuschlagen, wie ich es tat. Allerorts ließ einen die Gesellschaft das spüren. Und fragen, warum ich diesen Weg genommen hatte, tat sowieso niemand.

„Nichtsnutzig und missraten wie dein Vater", ratterte das Fließband mir Mamas Worte in den Kopf. Mein Vater. Manchmal dachte ich an ihn. Wusste seinen Namen: Hubert M. Und dass er im Osten war. Mehr nicht. Erst die Papiere aus Mamas Nachlass boten mir die Möglichkeit, mich in Papas Leben hineinzudenken. Eine große Familie waren sie, die M.´s aus A.

Mit seiner Frau Waltraud und den gemeinsamen Kindern Dietmar, Doris und Udo hatte Hubert rübergemacht in den Osten. Die DDR schmetterte Mamas Ansprüche auf Unterhaltszahlungen mit unserer Republikflucht ab und diese überzog mich mit Flüchen. Hubert indes ließ seine Familie im Osten anwachsen und wurde Vater dreier weiterer Kinder: Annegret, Monika und Heike. Zählt man mich dazu, sind es acht Kinder die Hubert M. zeugte. Von so vielen habe ich gehört und gelesen. Vielleicht gibt es ja noch mehr, hat dieser in A. einst

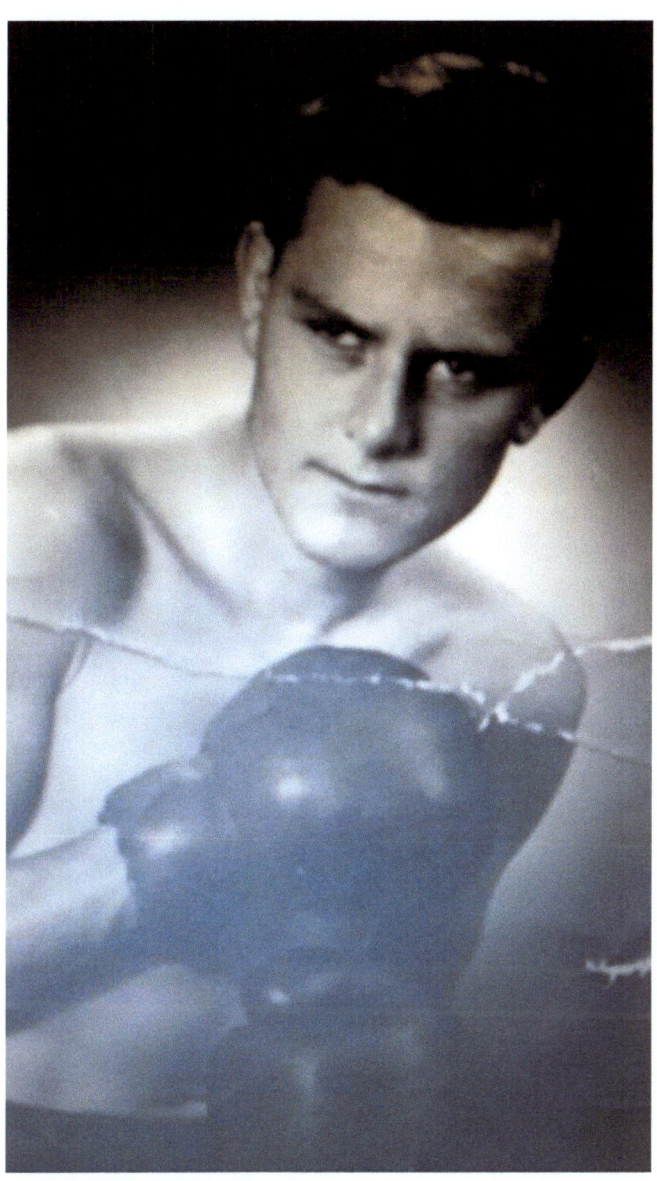

Mein Vater Hubert in Aue

bekannte Mann mir weitere Halbschwestern oder -brüder hinterlassen, von denen ich nichts weiß.

Als Boxer und Kneipenschläger machte Hubert sich in A. einen Namen. Brachte sie oft mit heim, seine

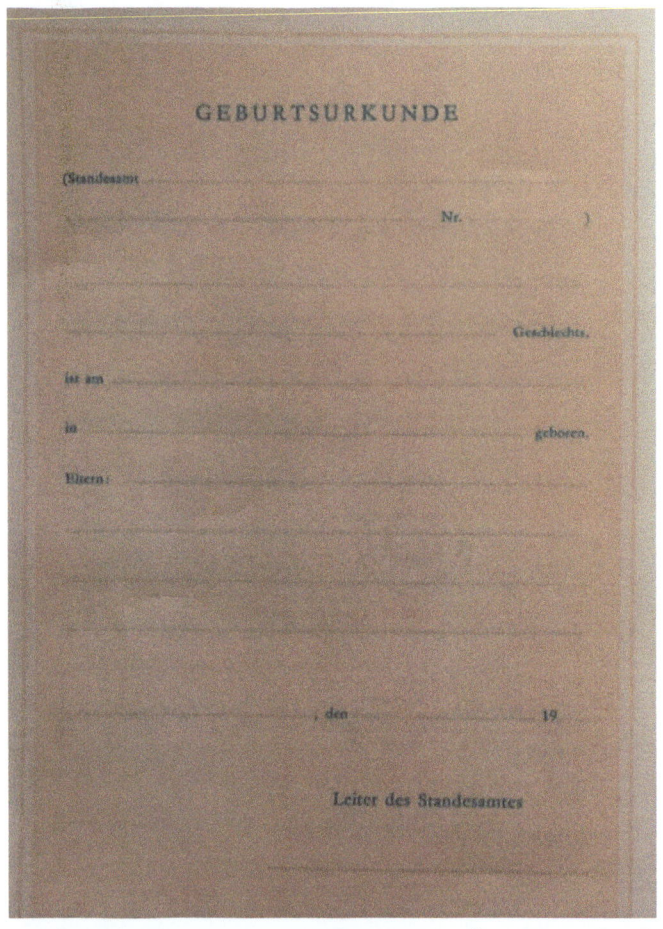

Nach Huberts zweiter Hochzeit war das Stammbuch plötzlich leer

Gewaltausbrüche, und torkelte betrunken die Treppe herauf, während seine Kinder sich in den Schränken versteckten. Die meisten von ihnen fand er.

Zwei seiner Kinder sind früh gestorben.

Fragen kommen auf in meinem Kopf.

Was ist mit dem kleinen Horst Hubertus geschehen, der im August 1954 gleich nach seiner Geburt starb?

Und mit Monika, die auch nur kurz Leben durfte?

„An Lungenentzündung", habe es geheißen, erzählte eine meiner Halbschwestern und fragt sich noch heute, warum Monika dann kurz vor ihrem Tod einen Kopfverband trug. Haben die Ärzte in der DDR etwas mit Monika angestellt? Verschwand meine Halbschwester in einem Experiment oder wurde zur Adoption freigegeben?

Gewalt und Kindstode finden sich im Leben meines Vaters. Womöglich ist all dies Zufall. Eines aber ist gewiss, nachdem Hubert M. sich 1971 von seiner Frau und Mutter von sieben seiner Kinder hatten scheiden lassen, nur um sie fünf Jahre später erneut zu heiraten, geschah mit dem Stammbuch der Familie M. etwas zutiefst merkwürdiges: Die zur Eintragung der Kinder vorgesehenen Seiten des neuen Stammbuches blieben allesamt leer. Wollte mein Vater, wie er mich durch seine Flucht hinter den Eisernen Vorhang losgeworden war, sich auch seiner weiteren sieben Kinder entledigen? Hatte die Stasi ihre Finger im Spiel? War Hubert einer von ihnen? Viele Fragen. Mal schauen, welche davon ich in den folgenden Jahren, vielleicht auch mit Hilfe der Leserinnen und Leser dieses Büchleins, beantworten kann.

Flucht aus Schlesien

Wie sanft meine Eltern auf dem alten Foto beieinander sitzen. Es macht mich froh, dies zu sehen. Hubert M. und meine Mutter haben sich offenbar wirklich gemocht, als sie mich zeugten.

Wie jung sie waren. Neunzehn war Mama bei meiner Geburt, Hubert süße achtzehn. Nicht einmal volljährig waren die beiden, als ich auf die Welt kam. Konnten meine Großeltern einer geplanten Heirat im Wege gestanden haben? Möglich war das durchaus, erinnerte ich mich doch an die Abneigung, die meine Großmutter Mamas Erzählungen zufolge gegen Hubert M. gehegt haben soll. Nun aber war ihre Ursula schwanger, würden sie wirklich den Vater des Kindes aus dem Leben ihrer Tochter verbannen?

Erneut betrachtete ich die Geburtsdaten meiner Eltern. Mama wurde am 3. November 1931 in Zapplau geboren, mein Vater Hubert am 5. Dezember 1932 in Primkenau, Schlesien. Der Geburtsort meiner Mutter war um die Abkürzung „Schl." ergänzt, fiel mir auf. Sicher standen diese Buchstaben für die einst deutschen, heute polnischen Gebiete, aus denen auch mein Vater stammte. Bisher war mir unbekannt gewesen, dass meine Eltern beide in Schlesien ihre Heimat gehabt hatten. Neugierig suchte ich auf einer Karte die Ortschaften. Vierzig Kilometer lagen zwischen ihnen. Als sich im Januar 1945 bei Minus 25 Grad Celsius die Flüchtlingstrecks aufmachten in Richtung Oder, waren meine Eltern und Großeltern unter diesen vor Angst und Kälte kaum atmen könnenden Menschen. Liefen Ursula und Hubert nebeneinander durch den eisigen Schnee? Zwei Jugendliche, die ihre Heimat und alles zurücklassen mussten. Lächelten meine Eltern sich in

Mama und Papa in A., Anfang der 1950er Jahre

dieser grauenvollen Kälte an und fassten Lebensmut? Ausgedacht und romantisch klingt dieser Gedanke. Dennoch mag es so gewesen sein. Sicher waren es die selben Trecks, mit denen meine Eltern das Ufer der Oder erreichten, wo plötzlich alles zu enden drohte. „Die Oderfähre", hatte Mama einst erzählt, „lag zerbrochen vor uns."

Der eisige Wind. Der gefrorene Fluss. Erst Stunden später hätten sie ihn überqueren können, erinnerte sich meine Mutter. Wobei ihr Bruder plötzlich nicht mehr auffindbar gewesen sei. Sich wegen der ganzen Ohrfeigen, die er immer bekommen hatte, verdrückt und erst später wieder ein Lebenszeichen gegeben hatte.

Den Zug nach Nürnberg sollten sie nehmen, erreichten ihn aber nicht mehr. So kamen die jugendlichen Ursula und Hubert nach A. in Sachsen. Es war der Frühling des Jahres 1945. Der Weltkrieg war vorbei.

Ausbruch

Sechzehn Jahre arbeitete ich im Großversandhaus Baur als Schuhverkäuferin, war stolz auf meine Stelle, die angesehen und schwer zu bekommen gewesen war. Mit vierundvierzig drängte es mich dennoch, etwas anderes zu tun. Im vollbesetzten Wartezimmer meines

Zahnarztes riss ich eine Seite aus einem Magazin und rief von daheim die Nummer der Friseurschule in Forchheim an, deren Anzeige meine Aufmerksamkeit erregt hatte. Ich würde mein Leben ändern, dem Versandhaus den Rücken kehren und meinen eigenen kleinen Salon aufmachen. Schwärmte auf der Arbeit davon. Wie unklug. Hackte eine Kollegin doch wie ein hundsgemeiner Vogel auf mein Vorhaben ein. „Ach, Margitta, du verkackst das doch sowieso."

Wie bitter das klang. Ihr Worte hallten durch meinen Kopf und vermengten sich mit jenen, die meine Mutter mir ein ganzes Leben lang eingebläut hatte. Derart viel Niedertracht kann einen Menschen zerstören. Hörte das denn nie auf? Egal wie viele Geburtstagskerzen auf meinem Kuchen brannten, würde es nie hell genug sein, um diese Finsternis aus Niedertracht aus meinem Leben zu vertreiben?

Geburtstagskerzen. Ein Kuchen. Ich konnte mich nicht erinnern, dass meine Mutter jemals ein Licht für mich angezündet oder einen Geburtstagskuchen gebacken hatte. Immer war es irgendwie finster gewesen an meinem Ehrentag. Er wurde nicht gefeiert. Mein Leben, es war nicht mehr als ein Klotz am Bein meiner Mutter. Bis der Tod sich ihr näherte, die letzten Wochen ihres Lebens einläutete. Da besann Mama sich und wollte zu mir.

Schau, Mama, sie fliegen in den Osten!

Der Wind schubste die Ballons durch den Himmel über Altenkunstadt, ließ die kleinen Zettelchen lustig herumwackeln, die unsere Mädchen, Ramona und Christina, mit Namen und Anschrift versehen, daran befestigt hatten.

„Pass auf, Mama, unsere fliegen am weitesten", hüpften sie aufgeregt herum und freuten sich, als eine Bö ihre Ballons erfasste und ihnen einen kräftigen Schub in Richtung Osten versetzte.

„Mama, er fliegt nach Osten", kannten auch unsere Töchter die Himmelsrichtungen bereits und Mamas Worte fielen mir ein. „Im Osten", wie oft hatte sie das gesagt. „Da steckt dein nichtsnutziger Vater."

Manchmal hatte ich überlegt, Hubert M. zu suchen. In den Osten zu fahren und meinen Vater ausfindig zu machen. Wie sehr jedoch war ich in meinen Alltag verwickelt. Baute erfolgreich einen Kundenstamm für meinen Frisörsalon auf. Ebnete meinen Töchtern einen Weg ins Leben und bildete sie in meinem Salon aus. Ich hatte die Meisterprüfung zur Frisörin nicht „verkackt", wie meine Kollegin einst prophezeit hatte. Mehr als fünfundzwanzig Jahre gibt es meinen Salon inzwischen. Vollkommen nichtsnutzig kann ich also nicht sein.

„Lass die Finger von dem Alten", waren es auch die Warnungen meiner Mutter, die mich von der Suche nach Hubert M. abhielten. Sicher sei mein Vater arm wie eine scheiß Kirchenmaus, sagte sie oft und eindringlich. „Nachher hast du den Alten noch am Hals und musst für ihn aufkommen."

An all dies dachte ich, während wir den Ballons nachschauten, wie sie davonschwebten in den Osten und bald verschwunden waren. Den Kindern sagte ich es nicht, vermutete aber, dass sie in irgendeiner Einöde niedergehen, langsam ihre Luft verlieren oder zerplatzen würden, wie so viele Träume.

Einige Wochen darauf klingelte es an unserer Haustür. Während Peter mit einer von Kleber triefenden Tapetenrolle im Wohnzimmer stand, werkelte ich mitten in unseren Renovierungsarbeiten mit dem Mittagessen herum. Verwundert sahen wir uns an.

„Wer issen das?", kletterte Peter mit der Tapete die Leiter herauf.

„Weiß nicht", stellte ich einen der Töpfe auf dem Tapeziertisch ab und witzelte: „Super Zeit für Besuch."

Dennoch öffnete ich die Haustür und staunte nicht wenig, ein mir unbekanntes Ehepaar nebst kleinem Kind vorzufinden. Hinter ihnen, in unserer Einfahrt, parkte ein Trabbi.

„Sind wir hier richtig bei Gückel?", fragte die Frau vorsichtig.

So gerne ich sie allesamt weggeschickt und nicht in

unser Renovierungschaos gebeten hätte, diese Frage konnte ich nicht verneinen. Außerdem ließ der Trabant in unserer Einfahrt mich natürlich neugierig werden.

„Wir haben ihren Ballon gefunden", hielt der Mann die Reste eines Luftballons in die Höhe und fummelte das Kärtchen mit unserer Adresse aus seiner Tasche. Sprachlos, wie ich war, hörte ich Peter im Wohnzimmer über die „verdammte Tapete" fluchen und nach mir rufen. „Kommst du, Margitta? Wer issen da?"

„Gleich", rief ich in die Wohnung und stand beeindruckt vor unserem Besuch. Hatten sie unsere Ballonpost doch nicht einfach mit einer Karte – oder eben überhaupt nicht – beantwortet, sondern waren hergefahren. Aus dem Osten sicherlich. Bei uns in Bayern fuhr ja niemand Trabbi und schon jetzt war das lustige Fahrzeug nicht weniger als eine Sensation auf unserem Parkplatz. Wer auch immer vorbeifuhr, verdrehte den Kopf.

„Von wo kommen Sie denn?", fragte ich mit Blick auf den schlaffen Ballon.

„A.", sächselte die Frau. „A. in Sachsen."

Hätte Peter das gehört, er wäre samt Kleister von der Leiter gefallen. War es nicht ganz und gar unmöglich, dass einer der Luftballons unserer Mädchen hundertsechzig Kilometer bis nach A. geflogen war? Und gerade nach A.? In jenes Städtchen, in dem meine Eltern mich nicht nur gezeugt, sondern in das mein Vater auf der Flucht vor Alimentenzahlungen mit seiner

Familie abgedampft war. Ich fasste es nicht und fragte verblüfft noch einmal nach. Die Antwort war dieselbe. „A., Sachsen."

„Ausgerechnet von dort", verschlug es mir beinahe die Sprache. „Aus A. Ich habe ja meinen ...", begann ich, verstummte für einen Moment und beendete schließlich den Satz, „... Vater dort."

„Bei uns in A.?", lächelte das Pärchen erfreut, dass es eine gewisse Verbindung zwischen uns gab.

„Ja", sagte ich leise. „Aber ich kenne ihn nicht einmal."

Später saßen wir inmitten unserer Renovierung und redeten lange. Es war eine nette Familie, die unseren Ballon gefunden hatte. Daheim in A., versprachen sie, würden sie beim Amt die Adresse von Hubert M. ausfindig machen. „Das wird schon klappen", sausten sie mit ihrem Trabbi davon und nannten mir, nur Tage später, tatsächlich eine Adresse. „Hubert M.", stand der Name meines Vaters über der Straße, Hausnummer und Postleitzahl. Papa und ich – würden wir uns bald gegenüberstehen? Sollte ein Luftballon, den der Wind von Altenkunstadt nach A. getragen hatte, uns zusammenführen?

„Sicher will er mich nicht sehen." Anderes war mir kaum möglich zu denken. Hubert M. würde nichts mit mir zu tun haben wollen. Immer schon war dies meine Vorstellung und Angst gewesen: Ich treffe Papa und er schickt mich weg.

Peter und ich fuhren, den kleinen Zettel mit der Anschrift von Hubert M. in meiner Handtasche, trotzdem nach A.. Ich musste Klarheit gewinnen. Mich dieser verdammten Angst stellen. Ging zitternd vor Aufregung mit Peter an meiner Seite durch die in der Anschrift genannte Straße in A. Wir fanden das Haus, betrachteten die Klingelschilder. „Ne", sagt bald einer der Nachbarn. „Hubert M. lebt hier schon lange nicht mehr."

Peter und ich wussten nicht wohin. Fuhren sinnlos durch A. Der Abend senkte sich. Wir hatten meinen Vater nicht gefunden.

Unsere Silberhochzeit, 1997

Unsere Töchter und Enkel, v.l.: Charly, Lisa, Christina, Ramona und Natalie

Meine Eigenkreation: Ein Parfüm für Trachtenträger jeden Alters. Sogar ein Patent meldete ich darauf an.

Meinen hübschen Salon gibt es, trotz einst bitterer Kommentare einer Kollegin, auch heute noch.

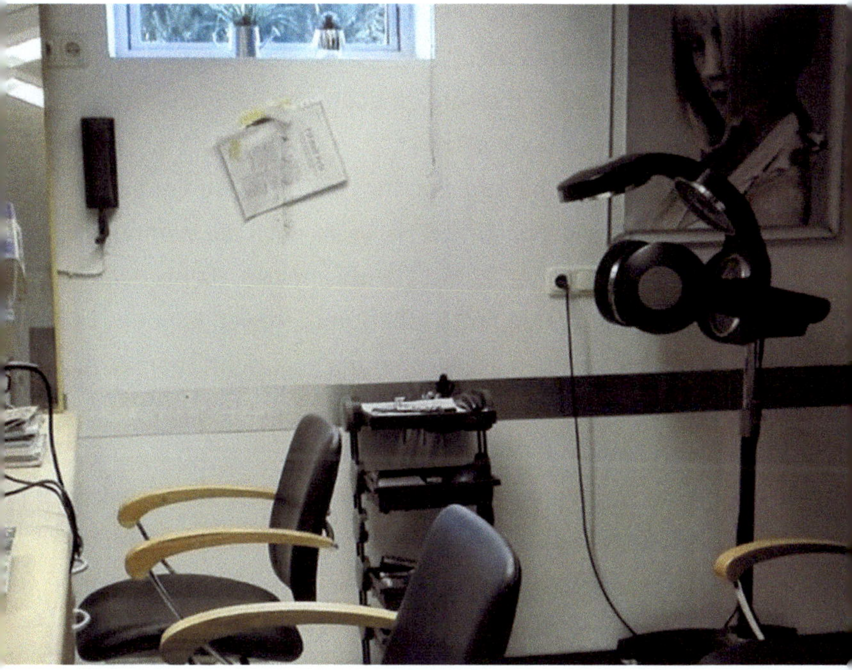

Versöhnung

„Lass mich bloß zufrieden."

Mama sagte das oft zu mir. Deshalb sahen wir uns selten.

„Hat sie mich jemals in den Arm genommen?", fragte ich mich manchmal, wenn ich an die Trostlosigkeit zwischen uns dachte, und wusste, dass ich die Frage verneinen musste. Nie hatte sie mich liebevoll umarmt, keine Kerzen zu meinen Geburtstagen angezündet, mein Leben nicht mit einem Kuchen gefeiert.

„Meine Großmutter wird genauso zu ihr gewesen sein", konnte ich nur erahnen. Spürte aber, dass es so gewesen sein musste. „Aber gerade dann", durchzogen mich traurige Gedanken, „macht man es doch anders, wenn man selbst Mutter ist."

Wie krank Mama nun war. Ihr Leben ging zu Ende. Auf Hilfe angewiesen, verließ sie kaum noch die Wohnung, legte ihren Alltag in die Hände meines Halbbruders, den sie nie genug hatte loben und preisen können. Er war der gute Sohn. Hatte offenbar alles richtig gemacht. Vielleicht musste man dafür ja, wie mein Halbbruder es getan hatte, ein Leben lang bei Mama wohnen bleiben, immer bei Mama. Wie verstörend war es doch, als ich nach dem Tod unserer Mutter die Tür öffnete und mein Blick auf das Sterbebett und meinen Halbbruder fiel, der sich auf Mamas toten Körper gelegt und diesen

Versöhnliche Bilder habe ich immer gerne gemalt.

umschlungen hatte.

Wie konnte er das nur tun? Nach allem, was meine Mutter während der Wochen vor ihrem Tod geahnt und ich später herausgefunden hatte – die verdächtigen Geschehnisse rund um das rote Sparbuch und die zwei Konten, die Mama plötzlich besaß. Wobei sie erst den Überblick verlor, dann das Vertrauen in meinen Halbbruder.

„Ich habe kein Geld mehr. Er muss irgendetwas damit gemacht haben", sagte Mama. Verstand nicht, wo es geblieben war, das Ersparte, die Rente und was es sonst so gab. Und mein Halbbruder, sagte sie einmal, er mache sich immer „so dünne" mit seiner Vollmacht. Unheimlich wurde es Mama in ihrer Wohnung. Wo jedoch könnte ein schönerer Ort für die letzten Tage ihres Leben sein?, fragte sich meine Mutter und tat, was mir trotz all der finsteren Jahre zur Versöhnung und einem Glücklichsein wurde: Mama rief mich an.

„Margit", betonte sie meinen Namen, wie sie es nie zuvor getan hatte. Sogleich spürte ich, dass etwas mit ihr geschehen war, der nahende Tod Mama verwandelte und der bald Sterbenden vor Augen führte, was sie falsch gemacht hatte.

„Wenn ich bloß alles richtig gemacht hätte", sagte sie. „Ich möchte zu dir. Will nicht mehr heim."

Ergriffen vernahm ich Mamas Worte. Ihr Stimme umarmte mich. „Ich möchte zu dir." Meine Mutter hatte das wirklich gesagt. Wünschte sich, dass ich sie zu uns nähme, ihr in unserem Haus einen sanften Abschied aus dem Leben bereitete.

„Du bist ja schön blöd, Margitta", sollten einige Freunde und Bekannte zu mir sagen. „Ein Leben lang behandelt sie dich wie Dreck, dann kommt deine Mutter an und du nimmst sie mit offenen Armen auf."

Das tat ich. Wollte in diesem Moment von unserer Vergangenheit und allem, was geschehen war, nichts wissen. Mama wollte zu mir, also empfing ich sie. Später im Leben kann eine Versöhnung nicht stattfinden.

Und es war eine Versöhnung, die Mama und ich in diesen, ihren letzten Tagen erleben durften. Nie zuvor hatten wir innigere Stunden miteinander verbracht. Nun saß ich bei ihr. Ohne viel zu sagen. Dafür war es vielleicht wirklich zu spät.

Wie wohl tat es dennoch, Mama bei mir zu haben. Neben meiner Mutter zu sitzen, wie ich damals auf dem Bahnsteig neben ihr saß, als sich die Russen unserem Koffer mit dem Bettzeug näherten. „Tausendschön" fiel mir ein. Lange schon hatte ich meine Puppe nicht mehr angesehen. Nach Mutters Tod würde ich auf den Dachboden gehen und tatsächlich beides noch dort finden – „Tausendschön" und den braunen Koffer, der Mama und mich auf der Republikflucht begleitet hatte.

Mama starb im August 2009. Nur wenige Dinge hatte

sie mit in unser Haus gebracht, wohl aus ihrer Wohnung gerettet, bevor sie bei einer Entrümpelung durch ihren Sohn für immer untergegangen und verschwunden wären. Unter diesen wenigen, meine Mutter bis zuletzt umgebenden Dingen, war auch der braune Umschlag gewesen, der nach ihrem Tod auf meinem Küchentisch lag. Den ich öffnete, mir alles ansah und lange las, wovon ich bisher nichts gewusst hatte.

„Der Kindsvater verhält sich mit seinen Unterhaltszahlungen ausgesprochen böswillig", hieß es in einem Schreiben des Landratsamts Detmold an das Kreisjugendamt Bamberg vom 23. April 1957. „Trotz aller Bemühungen und wiederholter Lohnpfändungen konnten ... lediglich 20, — DM ... von ihm erlangt werden. Sobald ihm jedesmal der Pfändungsbeschluss zugestellt worden war, endete sein Arbeitsverhältnis."

Es tat weh, das zu lesen. Hubert M. sperrte sich offenbar mit allen Mitteln, für mich zu zahlen. Ging bis zum Äußersten und verschwand mitten in der Nacht in den Osten. „Ein Lastwagen", sollte ich später erfahren. Nachts sei er vorgefahren, Huberts Familie sprang rein und es ging rüber in die DDR.

Ich erschrak über das, was ich in dem Schreiben des Landratsamts lesen konnte. „Nichtsnutzig und missraten", hatte Mama meinen Vater genannt und mich mit ihm in den selben Topf gerührt.

Später erhielt ich von meiner Halbschwester das

Arbeitsbuch von Hubert M. Mehrmals war er auf dem Bau tätig gewesen, hatte als Maschinenformer, Hilfsarbeiter und Klempner in Gießereien, im Textilmaschinenbau, für eine kommunale Wohnungsverwaltung und zuletzt bei der Bahn gearbeitet. Oft blieb Hubert nur wenige Wochen in den Betrieben. Lediglich in der Gießerei war er drei Jahre Hilfsarbeiter und Maschinenformer.

Ich legte das schwarze Arbeitsbuch meines Vaters aus den Händen. Er hatte hart arbeiten müssen für sein Geld. Sicher. Trotzdem hätte er für mich zahlen oder, was viel schöner gewesen wäre, einmal nach mir fragen oder schauen können.

Noch einmal nahm ich den Brief des Kulmbacher Landratsamtes zur Hand. Wie eng er beschrieben war. Dicht drängten sich die von der Schreibmaschine auf das Papier gehämmerten Buchstaben. Womöglich war mir etwas entgangen. „Bösartig", las ich erneut, wandte meinen Blick angewidert ab und entdeckte einen von mir zuvor tatsächlich nicht bemerkten Halbsatz. Der Kindsvater, „jetzt wohnhaft in Detmold ist verheiratet und ….", las ich und erschrak im weiteren Verlauf des Satzes, „… hat zwei eheliche Kinder."

Wir waren zu dritt. Nach mir hatte Hubert zwei weitere Kinder gezeugt. Ich hatte zwei Halbgeschwister. Und das Schreiben war von 1957. Womöglich „wir" sogar noch mehr? Ich würde, schwor ich mir, es herausfinden.

Eintragungen der Arbeitgeber	
Name und Sitz des Betriebes	Art des Betriebes
1. **VEB Bau (K) Aue**	*Bau-betrieb*
2. **VEB** Vereinigte Gießereien Aue	*Gießerei*
3. **VEB Kommunale Wohnungsverwaltung Aue (Sachs)**	
4. VEB Textilmaschinenbau Aue — Kaderabteilung —	*Maschinen bau*
5. **VEB Bau (K) Aue**	*Bau*

12

Das „Arbeitsbuch" meines Vaters

Art der Beschäftigung	a) Tag des Beginns der Beschäftigung b) Unterschrift des Arbeitgebers c) Sichtvermerk der Abt. Arbeit und Berufsausbildung	a) Tag der Beendigung der Beschäftigung b) Unterschrift des Arbeitgebers c) Sichtvermerk der Abt. Arbeit und Berufsausbildung
Bedieng. d. Isa- bella	a) 31. 3. 1959 b) i. A. Rösler c)	a) 31. 3. 61 b) Unger c)
Gießerei- Hilfsarbeiter E. Mäschformel	a) 8. 4. 1960 b) Schütner c)	a) 16. 3. 63 b) i. A. Breuning c)
Kreuzner	a) 18. 3. 1963 VEB Kommunale Wohnungs- verwaltung Aue (Sachs) c)	a) 20. 7. 63 VEB Kommunale Wohnungs- verwaltung Aue (Sachs) c)
Maschinen- Former	a) 23. 7. 63 VEB Textilmaschinenbau Aue, Bm. — Kaderabteilung — c)	a) 27. 8. 63
Baufhilfs- arbeiter	a) 2. 9. 63 b) Speer c) VE Bau- und Montagekombinat S Betriebsteil Aue	a) 2. 3. 64 b) Morgenstern c)

Zu spät

Stolz, erneut den Mut aufzubringen, nach meinem Vater zu suchen, schrieb ich 2014 ans Standesamt in A. Fragte nach Hubert M., den ich mir immer als einen zähen und robusten Kerl vorgestellt hatte. Sicher würde mein Vater noch am Leben sein. Die Dame vom Amt indes teilte mir etwas anderes mit.

„Anfang des Jahres ...", hörte ich und spürte etwas in mir zerbrechen, „... ist Herr Hubert M. gestorben."

Ich war zu spät gekommen. Mein Vater war tot.

An die Friedhofsverwaltung möge ich mich wenden, sagten sie mir. Eine Anschrift hatte ich mir von meinem Anruf in A. erhofft, nicht die Nummer eines Urnengrabes.

„Das Grab wird gepflegt", teilte mir das Friedhofsamt A. mit.

„Wer hat denn die Beerdigung ausgerichtet?", versuchte ich den wenigen Spuren, die ich hatte, nachzugehen. Sie durften es mir nicht sagen. Also würden Peter und ich ins Auto steigen, zum zweiten Mal nach A. fahren und auf einem gewaltigen Friedhofsgelände nach einem Urnengrab suchen.

Mein Papa war tot. Womöglich sollte es so sein, dass ich zu spät kam, dachte ich. Sonst hätte er mich weggeschickt und ich hätte nichts gehabt. Außer Schmerzen. Jetzt, wo er tot war, blieb mir wenigstens die Hoffnung, dass er mich angenommen hätte.

Es war der 3. Oktober 2014. Peter und ich standen vor dem riesigen, sich einen Hügel hinaufziehenden Friedhof in A. „Soll ich das überhaupt machen?", zögerte ich, mich zwischen die Toten zu begeben und das Grab meines Vaters zu suchen.

Wieder hielt mich etwas zurück. Was war es nur?

Meinem Vater würde ich nicht mehr begegnen können. Aber Spuren zu meinen Halbgeschwistern, die würde es womöglich geben. Dort zwischen den Gräbern, bei Papas letzter Ruhestätte.

„Du suchst links, ich schaue mich auf der rechten Seite um", holten Peters Rufe mich aus meinen Gedanken. Schon machte er sich auf den Weg, verschwand zwischen den Grabsteinen. Es würde wohl Stunden dauern, das Urnengrab meines Vaters zu finden und Peter irgendwann genervt zwischen den Toten stehen, dachte ich. Da aber hörte ich ihn bereits rufen.

„Margit, komm' rüber. Ich hab's schon!"

Keine fünf Minuten hatte Peter gesucht. Und das nach all meiner Aufregung während der Autofahrt. Da war es schon und wir standen vor dem Urnengrab meines Vaters. Hubert M., 1932 bis 2014.

Was sollte ich jetzt denken? Das ist Papa. „Hallo Papa, ich bin Margitta. Deine Tochter. Wir haben uns nie getroffen. Mama hat immer über dich geschimpft.

Genauso, wie über mich. Vielleicht ...", flüsterte ich und spürte die Tränen in meinen Augen, „... hätten wir uns deshalb gut verstanden."

In der Totenstille des Friedhofs las ich Papas Namen erneut. Dann jenen der Frau, die an seiner Seite begraben lag. Wie viele Ehen war Hubert wohl eingegangen? Ich wusste es nicht. Papa war ein schmuckes Kerlchen gewesen und das ihn als Boxer zeigende Foto hatte bei meinen Freundinnen durchaus Begeisterung für diesen Herrn ausgelöst.

Mein Blick fiel auf die benachbarten Gräber. Allesamt wurden sie, wie auch Huberts letzte Ruhestätte, gepflegt. Käme doch nur jemand, wünschte ich mir, den ich fragen könnte – nach meinem Vater, seiner letzten Frau oder deren Verwandtschaft. Nichts aber rührte sich.

„Möchtest du es nun hinstellen?", durchschnitt Peters Stimme die Stille und er deutete auf den Blumentopf, den er in Händen hielt. Wir hatten es ebenso vor der Abreise besorgt wie ein Armkettchen, das ich über einen der Flügel des auf dem Grab stehenden Steinengels hängte. Außerdem versah ich den Blumentopf mit einer meiner Visitenkarten. Jemand würde all das finden und sich Fragen stellen. Wer ist diese Margitta Gückel? Warum stellt diese Frau einen Blumentopf auf das Grab des Hubert M., welchen Grund hat sie, den Flügel des Engels mit einem Kettchen zu versehen?

Peter und ich verließen den Friedhof. Fuhren eine Weile durch A. Wie sinnlos sich das anfühlte. Also waren wir bald wieder auf der Autobahn nach Altenkunstadt, betraten unser Haus und mein erster Blick fiel auf das Telefon. Hatte womöglich bereits jemand angerufen?

„Quatsch", versuchte ich mich zu beruhigen. Es war nur wenige Stunden her, dass ich meine Visitenkarte auf Huberts Grab hinterlassen hatte. So oft gingen die Menschen nun wirklich nicht auf Friedhöfe. Dabei war es beinahe gruselig gewesen, wie schnell wir die Ruhestätte meines Vaters auf dem riesigen Friedhof gefunden hatten. Warum also sollte es nicht so mysteriös weitergehen?

Das Läuten des Telefons riss mich beinahe von den Füßen. „Jetzt", war mein einziger Gedanke, „höre ich zum ersten Mal die Stimme meiner Halbschwester oder meines Halbbruders."

Ich zögerte nicht, nahm das Gespräch entgegen, bevor die Angst mich zurückhalten konnte. Es war eine Kundin. Ein Termin, eine neue Frisur, eine Tönung. Wie gut mir ein wenig Alltagstrott tat.

Peter feuerte den Ofen an, machte Kaffee. An diesem Tag kam kein Anruf aus A. Ebenso an den folgenden Tagen, nichts.

Es war Herbst. Die Menschen werden nur sehr selten zum Friedhof gehen, sagte ich mir. Dabei fallen doch die Blätter und gehören vom Grab gehakt.

Kein Anruf. Wochenlang.

Die Vorweihnachtszeit brachte ihre Lichter und der Geburtstag meines Vaters näherte sich. „Lass uns am 5. Dezember bitte nochmal nach A. fahren", besprach ich mit Peter. Wie sehr brauchte ich ihn gerade während dieser Tage und der mich aufwühlenden Suche nach meiner Familie an meiner Seite. „Das ist Huberts Geburtstag. Da schauen wir, ob die Sachen weg sind."

Sie waren weg. Der Blumentopf stand nicht mehr auf dem Grab. Die Visitenkarte war mit diesem verschwunden und ebenso das Armkettchen. Jemand hatte die Dinge an sich genommen und es vorgezogen, sich nicht bei mir zu melden.

Ich zündete eine Kerze für meinen Vater an. Peter und ich verließen den Friedhof und fuhren mit eben jenem Gefühl aus Sinnlosigkeit und Dummheit in A. herum, wie wir es bereits bei den ersten Besuchen verspürt hatten. „Jetzt", brummte Peter vom Fahrersitz in mein Schweigen, „frag halt mal jemanden nach Hubert M. Die zwei Frauen da drüben. Pass auf, die kannten ihn ..."

Genervt von unserem sinnlosen Rumgekutsche, hielt Peter mitten auf der Straße und in Rufweite von den beiden Frauen den Wagen an. Ich öffnete das Fenster und rief zu ihnen herüber.

„Den Hubert M. ?", wussten die Beiden sogleich, um wen es ging. „Den gibt es nicht mehr. Der ist verstorben."

Das Hupen der hinter uns zum Halten gezwungenen

Autos übertönte bald die Stimmen der Frauen. Peter blieb lässig, doch die Aufregung wuchs.

„Aber er hat eine Tochter", sagte eine der Frauen und nannte einen Nachnamen und eine Adresse.

„Danke", rief ich noch, da konnte Peter dem hinter uns aufgestauten Ärger nicht mehr standhalten und fuhr los. Warum war ich nicht ausgestiegen und hatte versucht, mehr über meinen Vater in Erfahrung zu bringen? Ich wusste es nicht. Die Situation hatte mich einfach verschluckt.

Gleichwohl hielt ich nun in Händen, notiert auf einem Zettel, wonach wir gesucht hatten: Einen Namen und eine Adresse. Wie kurios einfach das gewesen war. Peter musste gespürt haben, dass die beiden älteren Damen Hubert kannten. Oder, das war meine zweite Erklärung für die Einfachheit unserer Suche, mein Vater war stadtbekannt in A. und wir hätten nahezu jeden fragen können.

Die Adresse auf meinem Notizzettel war leicht zu finden. Peter parkte den Wagen und wir gingen auf jenes Haus zu, an dem wir die richtige Hausnummer bereits ausmachen konnten. Nervös schaute ich, während wir uns diesem näherten, an dem Gebäude hinauf. Erschrak, als ich hinter einem der oberen Fenster eine Gardine sich bewegen, ein Gesicht uns beobachten und eilig sich verstecken sah.

„Da ist jemand am Fenster", sagte ich leise zu Peter.

Sicher hatte eine der Frauen bereits angerufen. Umgehend berichtet, dass jemand in der Stadt sei, „eine Frau, nicht von hier. Sie sucht nach Hubert M."

Eine Erbschleicherin. Das wird der Gedanke gewesen sein, der die Frau hinter dem Fenster erfasste und nicht mehr los ließ. Dabei hatte ich, wenn meine Gedanken bei meinem Vater waren, kein einziges Mal an Geld gedacht. Etwas über Papa erfahren wollte ich, meine Halbgeschwister ebenso kennenlernen, wie meine offenbar verwinkelten und im Dunkeln verborgenen Familienverhältnisse.

Die Frau am Fenster wird aufgeatmet haben, als ich mich nicht traute zu klingeln, ihr Namensschild mehrmals gelesen, meinen Finger über den Knopf geführt hatte und schließlich doch keinen Mut fasste, ihn zu drücken.

„Ich kann es nicht", sagte ich zu Peter und wir gingen zum Wagen. „Zum Weihnachtsfest", suchte ich nach einem sanfteren Weg der Kontaktaufnahme, „werde ich eine Karte schreiben."

Wie geplant tat ich es und las, bevor ich die Postkarte mit der Adresse in A. in den Briefkasten warf, erneut einige meiner Zeilen darauf.

„Ich freue mich über jede Antwort. Auch über eine negative. Schöne Weihnachten. Ich drücke dich aus der Ferne."

Ich duzte die Frau, von der ich annahm, sie sei meine Halbschwester. Feierte Weihnachten, Neujahr, Heilige

Drei Könige und bekam keine Antwort. Schwer nur konnte ich dieses Schweigen akzeptieren. Ungerecht und auch böswillig erschien es mir. „Meldet euch doch", wünschte ich mir, „und erzählt mir von diesem Mann, der, bei aller Schlechtigkeit, die Mama uns andichtete, meine Papa ist."

Hubert. Er kann mich nicht mehr hören. Keine Antwort geben. Aber du, dort oben am Fenster in A. Meine Karte, die hast du doch bekommen. Eine liebe und freundliche Karte war das. Sanft formuliert. Keine Karte, die von einer Erbschleicherin in deinen Briefkasten gehext wurde.

Mein über Huberts letzter Ruhestätte hängendes Armkettchen, der Blumentopf mit meiner Anschrift, die Weihnachtskarte – nichts von alledem hatte mir eine Antwort beschert. Kein Anruf und keine Post. Die Frau am Fenster jedoch hatte ich gesehen. Es gab da jemanden. Und das Schreiben von 1957 sagte das ja auch. „Hat zwei eheliche Kinder", schallten die Worte zunehmend durch meinen Kopf und ich wusste, dass sie nicht verstummen würden, bevor ich diese beiden Menschen gefunden hatte. Was aber sollte ich tun? Sicher war es doch eine der beiden Personen, der ich mit meinem Kettchen, dem Gesteck und der Weihnachtskarte schon dreimal sanft zugewunken hatte. Aber die Frau wollte ja nicht mit mir reden.

„Hat zwei eheliche Kinder", gaben die Worte in meinem

Kopf keine Ruhe und ich googelte die Email-Adresse des Standesamtes in A. Vielleicht konnten sie mir einige Namen nennen. Wussten womöglich sogar, wer meine Halbgeschwister waren und wie viele es von „uns" gab. Ich schrieb eine Email und bekam eine merkwürdige Antwort. „Hubert M.", hieß es darin, „hatte keine Kinder."

Ich stellte das richtig. „Zwei Kinder", teilte ich dem Standesamt mit, „hat er auf jeden Fall."

Ans Amtsgericht solle ich mich wenden, wurde mir geraten. Ich tat es und erhielt etliche Tage später einen Anruf aus A. Ich kannte die Vorwahl inzwischen, nahm das Gespräch an und erschrak trotz meiner Ahnung, wer anrufen würde, als die Dame vom Amtsgericht sich vorstellte. „Suche deinen Vater nicht, Margitta", spielten Mamas Warnungen in meinem Kopf verrückt. „Nachher musst du für alles zahlen, was der Scheißkerl an Chaos hinterlassen hat."

In dieser Sekunde dachte ich genau das. Mit meiner Email an das Gericht hatte ich mich und meinen Wohnort preisgegeben. „Jetzt", erschrak ich, „schütteln sie das Geld für Huberts Beerdigung und alle möglichen anderen Kosten aus mir heraus."

„Wir haben Sie schon gesucht, Frau Gückel", schlug die Dame vom Amtsgericht in genau diese Kerbe meiner Befürchtungen. Am liebsten hätte ich gleich wieder aufgelegt. Da aber drehte sie den Spieß um.

„Es ist ein Erbe da", ließ die Frau mich wissen. „Ich empfehle ihnen, bitte kümmern Sie sich darum."

„Und meine Geschwister?", kam mir die brennende Frage über die Lippen. „Können Sie mir sagen, wie sie heißen und ….", für eine Sekunde stockte ich, „… wie viele es sind?"

Die Frau überhörte meine Frage einfach. Fuhr einfach fort in ihrer Abhandlung der Dinge: „Sie können die Akte lesen. Ich werde sie an ihr zuständiges Amtsgericht schicken lassen."

Eine Woche später lag die Akte im Amtsgericht Lichtenfels vor. „Sie sei nun da", sagten sie mir. Gerne könne ich Einsicht nehmen.

Es war Gründonnerstag. Unmöglich würde ich es aushalten können, bis nach Ostern zu warten. Also sagte ich alle Kundinnen ab und fuhr sofort nach Lichtenfels.

„Was", pochte es während der Fahrt durch meinen ganzen Körper, „werde ich in der Akte vorfinden?"

Eine Stunde später öffnete ich sie. Blätterte durch die Seiten, las und fand, fein säuberlich aufgelistet, die Namen von vier Stiefkindern meines Vaters. Ganz oben war jene Frau genannt, die Peter und mich aus dem Fenster in A. beobachtet, deren Klingelschild ich lange betrachtet und den Knopf dennoch nicht zu drücken gewagt hatte.

Meine Weihnachtskarte, wurde mir klar, hatte ich an eine Stieftochter Hubert M.´s geschickt. Und auch mein, mit der Visitenkarte versehener Blumentopf und das Armkettchen waren vermutlich von einem seiner Stiefkinder aufgefunden worden. Diese Menschen waren nicht mit mir verwandt. Obgleich sie mich am Erbe hätten beteiligen müssen. Aber das war gerade nicht so wichtig. Denn die entscheidende Frage war doch: Wo finde ich die beiden in dem Schreiben von 1957 genannten ehelichen Kinder von Hubert M.? Im Testament oder den Erbschaftsunterlagen tauchten sie jedenfalls nicht auf.

Nach mir, so konnte ich dem Ordner entnehmen, hatte die Frau vom Amtsgericht während ihrer Erledigung der „Nachlasssache Hubert M." gesucht. „Wenn man das so nennen darf", empfand ich, was ich vorfand, dann doch äußerst zynisch. Zwei Ausdrucke belegten, dass die vom Amtsgericht verwandte Suchmaschine exakt zwei Mal nach einer „Margitta Gisela" befragt worden war. Schnell vor Erstellung des Erbscheins war die zweite Suche schnell noch ausgeführt worden. Natürlich konnten sie mich unter „Margitta Gisela" nicht finden. Hätte die Suche nach mir, einer, wenn auch unehelichen Tochter des Verstorbenen, nicht etwas umfangreicher ausfallen müssen? Ich verstand es nicht. Und vor allem schmerzte es, mit zwei spindeldürren Suchabfragen ausgeschaltet zu werden.

Das Puzzle

Vier Stiefkinder, meine zwei, in dem Schreiben von 1957 genannten Halbgeschwister und ich – diese Teile des Puzzles hatte ich nun. Ein Bild von Hubert M. und dessen Leben ergaben sie noch lange nicht.

„Hubert M.´s leibliche Kinder kommen in der Akte gar nicht vor", rief ich erneut beim Amtsgericht in A. an und teilte der Dame mit, was ich wusste. „Nach mir haben Sie ja offenbar gesucht. Ein wenig zumindest …. aber es gibt noch weitere Kinder von Hubert M. Ich habe hier ein Schreiben von 1957 …"

Das Telefonat lief in Leere. Die Frau vom Gericht nahm zur Kenntnis, was ich sagte. Gleichwohl hörte ich nie wieder von ihr. Bis meine Anwälte, wenn auch erfolglos, später gegen sie vorgingen.

Vor seiner Alimente-Flucht in den Osten hatte Papa in Detmold gelebt. Das wusste ich und telefonierte mich durch die dortigen Ämter. Beim Standesamt wurde ich fündig. Sie schickten mir vier Auszüge aus dem Geburtenregister, die mir beim Lesen den Atem raubten. Vier Halbgeschwister wurden genannt: Doris, Horst-Hubertus, Dietmar und Udo.

Nun waren wir fünf. Niemanden der anderen vier kannte ich. Wir alle waren wir nicht im Erbschein vermerkt worden. Schwer vorstellbar, fand ich, dass Huberts vier Stiefkinder bei der Testamentsvollstreckung von Papas leiblichem Nachwuchs rein gar nichts gewusst hatten. Schließlich rannten sie allesamt in A. herum und waren teilweise gleichen Alters. „Äußerst merkwürdig", dachte ich und entnahm dem Schreiben vom Standesamt Detmold eine Adresse, die ich aufgeregt betrachtete. Nachdem meine ersten Spuren mich in A. lediglich zu einer Stieftochter von Hubert M. geführt hatten, hielt ich nun zum ersten Mal die Anschrift einer meiner Halbschwestern in Händen. Es war der 26. Oktober 2016 und ich tippte die Adresse in das Suchfenster von Google.

Zu meiner Halbschwester wurden keine Ergebnisse angezeigt. „Aber schau mal", trat Peter an mich heran und deutete auf den Bildschirm. „Genau nebenan müssen Ferienwohnungen sein. Hier ..."

Tatsächlich wurde die benachbarte Hausnummer in Verbindung mit der Vermietung von Urlaubsunterkünften angezeigt. Ich öffnete die Webseite und wählte die angezeigte Telefonnummer.

„Ach, da haben sie jetzt Pech", antwortete eine freundliche Stimme mir auf die Frage nach meiner Halbschwester. „Die sind gestern in Urlaub gefahren. Aber der Bruder des Mannes wohnt hier um die Ecke. Soll ich etwas ausrichten?"

„Ja, bitte", bat ich und überlegte, was ich eigentlich mitzuteilen hatte. Da meine Halbgeschwister nicht in den Unterlagen zum Nachlass vermerkt waren, wussten sie vermutlich gar nicht, dass ihr Vater tot war.

„Hubert M., der Vater seiner Schwägerin", erklärte ich.

„Er ist verstorben. Ich glaube, die Familie weiß es noch nicht."

„Ach", sagte die nette Frau wieder. „Das tut mir leid. Und wer genau sind Sie?"

„Hubert M. war auch mein Vater", antwortete ich leise.

„Leider habe ich ihn nie kennengelernt."

Die Frau spürte wohl, dass weitere Fragen sie tief in ein familiäres Verwirrspiel mit allerlei Abgründen führen würden und machte abschließend deutlich, dass sie mein Anliegen weiterleiten würde. Kurz darauf erhielt ich eine SMS mit der Telefonnummer meiner Halbschwester Doris. Ich rief sie an. Tat es gleich. Wollte mir nicht selbst im Wege stehen, durfte nicht zögern und lange nachdenken.

Es klingelte. Lachen war zu hören, als das Telefonat angenommen wurde. Ich erhob meine Stimme, nannte meinen Namen. „Hallo, Sie kennen mich nicht. Entschuldigen Sie, bitte. Aber ich wollte ihnen mitteilen, dass der Hubert M. gestorben ist. Er war auch mein Vater."

Schweigen. Das Lachen im Hintergrund verstummte. Man stelle sich den Blick meiner Halbschwester Doris vor, ihre Verstörung, die von den Anwesenden umgehend bemerkt wurde.

„Wer sind Sie denn überhaupt?", hörte ich eine Frage.

„Ja", fehlten mir die Worte. „Das weiß ich jetzt auch nicht so genau." Erzählte dann doch etwas von meiner Mutter und ihrer Liebschaft mit Hubert M. Wie lange das alles her war. Beide waren inzwischen verstorben. Und wir Kinder mussten uns in den Ruinen ihrer Leben zurechtfinden.

„Ich bin gerade in Holland bei meinen Schwestern Annegret und Heike", sagte Doris vorsichtig, nachdem ich ausgeredet hatte.

„Bei was?", hakte ich irritiert nach.

„Na, bei meinen Schwestern", sagte Doris erneut.

„Ich dachte, Ihr seid nur zwei", bekam ich die Worte kaum über die Lippen.

„Nein", hörte ich Doris Stimme. „Wir waren sieben."

Ich schwieg und fasste es nicht.

„Aber lassen Sie uns bitte in Ruhe sprechen, wenn ich wieder zu Hause bin", bat mich Doris und wir verabredeten uns für ein langes Telefonat, in dem ich ihr meine Geschichte erzählte.

Doris berichtete von den Zeiten in A. Davon, wie Hubert M. sich des Nächtens und in Windeseile mit der Familie in den Osten abgesetzt hatte. Nachts weckte er alle auf und schnell weg. „Dabei gehörten wir gar nicht in die DDR", hallte in Doris Worten eine schreckliche Zeit nach. Auch von den Schlägen und der Gewalt erzählte sie, die Hubert M. über die Familie brachte. Wie die Kinder sich in den Schränken vor unserem Vater versteckten. Und wie selbstverständlich unser Vater die Straßenseite wechselte, wenn sie ihm später in A. begegneten. Dann fiel die Mauer und meine Halbgeschwister verließen Sachsen. Nahmen sich später manchmal vor, unseren Vater zu besuchen. Dazu jedoch kam es nie. Der Kontakt brach vollständig ab. Erst 2016 hörten sie von mir, dass Hubert M. 2014 gestorben war. Das Amt indes sollte nach meinen Hinweisen auf meine Halbgeschwister noch bis 2017 brauchen, um diesen den Tod Hubert M.´s offiziell mitzuteilen.

Warum unser Vater und seine erste Frau Waltraud Jahre nach der Scheidung ein zweites Mal geheiratet hatten und das amtlich geführte Stammbuch anschließend keines der gemeinsamen Kinder mehr verzeichnete, war auch meinen Halbschwestern ein Rätsel. Doch konnten sie mir von den Anderen erzählen. Von Dietmar, der bei einem Autounfall sein Leben verloren hatte. Von Monika, die so bald nach ihrer Geburt in der DDR auf mysteriöse Weise gestorben war. Und von meinem Halbbruder Udo, der seinen missglückten Fluchtversuch aus der DDR und die sich anschließende Haftstrafe psychisch nicht verwinden konnte. Mit niemandem aus der Familie möchte er etwas zu tun haben. Gerne, Udo, hätte ich auch dich ein wenig kennengelernt. Meine drei Halbschwestern, Doris, Annegret und Heike sind mir nahe. Diese Menschen gefunden und etliche Rätsel um meine Familie entwirrt zu haben, ist ein großes Glück.

Etliche Puzzleteile aus dem Leben meines Vaters konnte ich dank meiner Halbgeschwister und der Ämter zusammentragen. Vier Mal war Hubert M. verheiratet. Zwei Mal mit Waltraud, anschließend in einer offenbar kinderlos gebliebenen Ehe mit einer Brundhilde und bis zu seinem Tode mit der neben ihm bestatteten Frau. Diese wiederum brachte jene vier Kinder mit in die Ehe, die einzig im Testament bedacht und erwähnt worden sind. Ebenso wird eine uneheliche Tochter der Frau erwähnt, die allerdings auch irgendwo ins Abseits geschickt worden zu sein schien.

Wie nur hatte Hubert M. in seinem letzten Willen gänzlich von seinen noch lebenden fünf leiblichen Kindern Schweigen können Hatte er uns allesamt aus seiner Erinnerung getilgt, wie es mit den Namen im Stammbuch geschehen war? Ich konnte es mir nicht vorstellen. Kein Mensch vermag so etwas zu tun, seine Kinder einfach aus dem Kopf jagen. Oder konnte Hubert M. es doch?

Vier Anwälte

Letztendlich ging sie doch los, die Schlacht der Anwälte. „Ihnen steht etwas zu", hatte die Dame vom Amtsgericht in A. gesagt und empfohlen, ich solle mich darum kümmern. Meine Halbgeschwister und ich müssten einen Pflichtteil erhalten, hieß es und wir gingen dem nach.

Einst, so entnahm ich den Nachlassunterlagen, hatte es eine gemeinsame Spareinlage von 52.000,- EUR gegeben. Keine geringe Summe. „Wobei Huberts an mich zu zahlende Alimente", witzelte ich mit Peter herum, „diese bestimmt noch übersteigen würden."

Lange überlegte ich, ob ich meinen Pflichtteil einfordern sollte und entschied mich schließlich dafür. Hätten seine vier Stiefkinder, die Huberts letzte Jahre begleiteten, mich fair behandelt, auf mein Kettchen, die Blumen oder die Weihnachtskarte reagiert und das Gespräch gesucht, alles wäre anders verlaufen. Wir hätten reden und das Erbe gerecht verteilen können. Nichts jedoch war geschehen. Niemand hatte angerufen. Sie wussten von mir und hielten mich auf Abstand. Schlossen mich aus. Hinterhältig fühlte sich das an. Also kontaktierte ich einen Anwalt.

Ein juristisches Chaos begann, das sich auf schreckliche Art verselbständigen sollte. Vier Anwälte machten sich nacheinander über die Sache her, verdrehten meine Lebensgeschichte, verstanden sie oft gar nicht, brachten eigentlich alles durcheinander. Der erste Anwalt ließ sich bald verleugnen, der zweite teilte mir nach Monaten mit, er habe die Akte noch gar nicht gelesen, der dritte Anwalt verpasste eine wichtige Frist und reichte meine Unterlagen einfach an einen Kollegen weiter, der sich nach einem halben Jahr bei mir meldete.

Niemals hätte ich mich von den Juristen befeuern lassen sollen, meinen Pflichtteil auf jedem erdenklichen Wege einzufordern. Um Geld war es mir bei der Suche nach meinem Vater und den Halbgeschwistern schließlich nie gegangen. Gleichwohl „steht mir etwas zu", klangen die Worte der Dame vom Amtsgericht nach. Ein Leben lang hatte mein Vater Hubert mich ignorieren und verleugnen können. Und meine Mutter hatte mir das Gefühl gegeben, ich sei missraten und ihr eigentlich im Wege. Jetzt plötzlich stand mir etwas zu. Warum also sollte ich es nicht nehmen? Gerade auch, weil die Stiefkinder von Hubert M. ebenfalls nichts anderes getan hatten, als mich zu ignorieren.

Genau das wollte ich nicht mehr – ignoriert werden. Hatte den ersten Anwalt beauftragt und jene Stieftochter meines Vaters, die Peter und mich vom Fenster im Obergeschoss des Hauses in A. beobachtet hatte, erhielt ein Schreiben. Es war der Oktober 2014. Die Zeit der Weihnachtskarten, Blumentöpfe und

Armkettchen hatte ein Ende. Leider. Wie gut wäre es doch gewesen, alles besprechen zu können. Ohne Anwaltsbriefkopf. Geld hatte ich gar nicht gesucht. Nur Familie und Gespräche. Wenn aber keiner sprechen will, bleibt einem – will man nicht völlig verscheißert werden – manchmal nur das Geld.

Das Nachlassverzeichnis wurde ausgehändigt. Aus den Unterlagen ergab sich, dass es zwischen „2007 und 2012 zu einer ganzen Reihe von Verfügungen des Erblassers gekommen" war. Summen in „beträchtlicher Höhe", wie mein Anwalt unterstrich. Darauf werde er den Finger legen. Denn die Vermutung liege nahe, schrieb er an den Anwalt der Gegenseite, dass der „größte Teil dieser Beträge auch entweder an ihre Auftraggeber oder an Dritte verschenkt wurde."

„Soll er dem doch nachgehen", dachte ich. Denn natürlich rieten mir die Anwälte, wie professionell vorzugehen sei. Wussten angeblich, wie die Dinge liefen. Was zu tun und welche Fristen einzuhalten seien. „Denkste", kann ich heute nur zynisch sagen. Diese wurden eben nicht eingehalten. Außerdem Menschen angezeigt, mit denen wir anders hätten umgehen können, und ein bis zur Staatsanwaltschaft reichender Streit heraufbeschworen, den wir – schaue ich heute darauf – nur verlieren konnten. Die Anwälte aber wollten die Sache „richtig anpacken", „wir machen das schon, Frau Gückel", „verlassen sie sich ganz auf mich."

Verlassen war ich nachher tatsächlich. Saß über dem verfluchten Schriftverkehr, der meinen Tisch nun fortwährend bedeckte. Las, was die uns einst aus dem Fenster beobachtende Stieftochter meines Vaters ausgesagt hatte. Dass ihr „das ausschweifende Vorleben des Erblassers nicht bekannt" war, „ebenso nicht meinen Geschwistern." Erst durch die Ermittlungsakte habe sie erfahren, dass Hubert M. „drei Ehen vor der Ehe mit meiner Mutter gehabt hat. Ich war immer von einer Ehe vor der Ehe mit meiner Mutti ausgegangen. Gleichfalls versichere ich, dass ich erst im Zusammenhang mit der Erbschaft Kenntnis von den weiteren acht Abkömmlingen des Erblassers erlangt habe."

Detektivisch betrachtete ich die mir von den Juristen übersandte Korrespondenz. Von „einer" vorherigen Ehe habe die Stieftochter gewusst, hieß es. Davon hatte Hubert also berichtet. Von all seinen Kindern jedoch soll er immer und immerfort geschwiegen haben?

Auch die Suche der Rechtspflegerin des Amtsgerichts in A. nach mir ließ sich aus den Unterlagen rekonstruieren. Am 26.2.2014 – kurz nach Huberts Tod – war ihr vom Amtsgericht Berlin-Schöneberg die Auskunft erteilt worden, dass es eine nichteheliche Vaterschaft von Hubert M. gab. Fortan wusste man beim Amtsgericht

Diesen Auszug aus meinem Geburtenregister hatte die Dame vom Amt vorliegen. Wäre sie den Informationen darin nachgegangen und hätte das zuständige Amt in Bamberg angerufen, wäre ich in Altenkunstadt leicht auffindbar gewesen.

Daten der gesuchten Person

Name der gesuchten Person

Name [　　　　　　　　　　　]

Vorname [Margitta Gisela]

Phonetische Suche [　]

Hinweis: Bei phonetischer Suche werden angegebene Wildcards als Zeichen behandelt.

Geschlecht

Geschlecht [weiblich　　　　　　　　　▼]

Geburtsdatum

Geburtsdatum [18] [04] [1951]

Geburtsort

Geburtsort [Obergräfenhain　　　　　]

Geburtsortsregister

Staatsangehörigkeit

Staatsangehörigkeit [Keine Auswahl　　　▼]

Auswahlliste erweitern

Personalausweis/Pass/Passersatz

Seriennummer [　　　　　　　　　]

Anschrift

Straße [　　　　　　　　　　]

Hausnummer / Buchstabe [　　　] [　　　]

Postleitzahl [　　　　　　　　　]

Wohnort [　　　　　　　　　　]

Orts- und Straßenregister

„... eine Kernmelderegisterabfrage, welche erneut ergebnislos blieb." Doch wie sollten sie auch etwas finden, ohne meinen Nachnamen oder eine Anschrift einzugeben? Dabei hätte die Dame vom Amt nur einmal in Bamberg anzurufen brauchen. Ein Telefonat!

A. von Margitta Gisela F., geborene Theer, aus Obergräfenhain. Die Rechtspflegerin hat „sodann am 4.3.2014 mit den vorliegenden Personaldaten eine Registerabfrage veranlasst, welche jedoch ergebnislos blieb", konnte ich im juristischen Gezeter lesen. „Weiterhin schrieb sie die Standesämter in Penig und Döbeln an und bat um Übersendung eines Auszuges aus dem Geburtenregister. Nachdem nur das Standesamt Penig einen Auszug … übersandte, veranlasste sie erneut mit den vorliegenden Personendaten am 12.3.2014 eine Kernmelderegisterabfrage, welche erneut ergebnislos blieb. Insofern kann … nicht … nachgewiesen werden, dass sie („die Rechtspflegerin", A.d.V.) Kenntnis davon hatte, dass die mitgeteilte Person Margitta Gisela F. tatsächlich noch existierte und so als Erbe in Betracht kam."

Ich existierte noch. Darauf konnten sie wohl wetten. Neben meinem Namen hatte der Rechtspflegerin in A. auch mein einstiger Nachname, die Adresse in Bamberg und mein Geburtsdatum vorgelegen. Die Wahrscheinlichkeit war doch wohl recht groß, dass ich noch „existierte", wie sie so schön sagte. Konnten die zwei mickrigen Suchanfragen, die die Dame vom Amt gestellt hatte, bei einer Erbschaft wirklich ausreichend sein? „Und vielmehr noch", fragte ich mich mit bitterem Beigeschmack, „wenn es um die Zusammenführung einer Familie geht?"

„Die Rechtspflegerin", beantworteten erst deren Amtsleiter und später die Staatsanwaltschaft meine Fragen, „hat ihre Möglichkeiten der Nachforschung nach Kindern des Erblassers ausgeschöpft und ist ihrer Dienstpflicht nachgekommen." Mehr musste sie offenbar nicht tun. Zweimal ohne Ergebnis Fragmente meines Namens in eine Suchmaske tippen, um den Nachlass und einen Antrag auf den Erbschein auf den Weg zu bringen. Hubert M., der „Verstorbene war deutscher Staatsangehöriger", heißt es dort. „Er hatte keine nichtehelichen Kinder und niemanden für ehelich erklärt oder als Kind angenommen. Der Verstorbene war in einziger Ehe verheiratet mit ... M., verstorben am 29.4.2012. Die Ehe war kinderlos."

Weiterhin ein Zusatz der Staatsanwaltschaft. Mit 100%iger Sicherheit, hieß es, sei ich kein Erbe des Erblassers. Auch dürfe eine „Rechtspflegerin jederzeit ein Kind verschweigen." Ich fasste es nicht.

Nichts wussten sie in A. über meinen Vater. Es war gruselig zu lesen. Oder sie brachten alles durcheinander, versehentlich oder absichtlich?

Keine „nichtehelichen Kinder", hieß es. Dabei wusste die Rechtspflegerin in A., dass es mich gab. Hatte mich mit ihren zwei Suchanfragen wenigstens ein bisschen versucht zu finden. Warum jetzt diese Worte: keine nichtehelichen Kinder.

Sie hatten mich ausradiert.

Ebenso die drei weiteren Ehen meines Vaters. In „einziger Ehe verheiratet" – was für einen Scheiß sie da zusammengeschrieben hatten. Was hatte Huberts Stieftochter doch ausgesagt? „Ich war immer von einer Ehe vor der Ehe mit meiner Mutti ausgegangen." Nicht eimal das tauchte im Antrag auf den Erbschein auf.

Außerdem, und da wurde es wirklich schräg, wurde mir vorgeworfen, ich tauche deshalb nicht im Testament auf, weil ich mich nicht um die Mutter und den Erblasser gekümmert und sie nicht gepflegt habe. Aber, Leute, hört doch zu: Diese Frau war doch gar nicht meine Mutter.

Vier Mal war Hubert M. verheiratet gewesen. Zwei Mal mit der selben Frau, jener Waltraud, mit der er ganze sieben Kinder zeugte. Die er nach fünf Jahren der Scheidung erneut heiratete und das Stammbuch von den Eintragungen seiner Kinder zu leeren verstand.

War Hubert M. andernorts ähnliches gelungen? Hatte er seine Spuren überall verwischt oder tatsächlich von den Mächtigen in der DDR tilgen lassen? Huberts Sterbeeintrag beim Amtsgericht A. jedenfalls liest sich, als sei ihm dies gelungen. Skurril heißt es unter „Kinder/ Abkömmlinge": „minderjährige Kinder: 0

volljährige Kinder: 0

weitere Abkömmlinge: 0"

Hubert M. schied aus dem Leben, ohne je ein Kind

gezeugt zu haben. Mich und meine Halbgeschwister, es gibt uns gar nicht. Deswegen können wir auch keine Erben des Erblassers sein. Gut zu wissen.

Ich bin froh, dass ich den Mut und die Ausdauer hatte, die Suche nach meinen Wurzeln durchzuziehen.
Wie heißt es so schön?
„Gottes Mühlen mahlen langsam, aber sicher."
Die Stiefkinder meines Vaters mussten meinen Halbgeschwistern und mir 2019 schließlich die Pflichtteile des Erbes zahlen.

Ganz herzlich möchte ich mich bei Herrn Lars Röper bedanken, der meine Geschichte in diesem kleinen Buch aufgeschrieben hat, so dass ich jetzt einfach mal die Deckel zuklappen kann.